第九章

「地下」

第九章　「地下」

「うしっ。誰《だれ》もいない。誰も見ていない。――ここまでは順調だな」

ラリー・ヘップバーンが言った後、セロン・マクスウェルは腰《こし》をかがめると、

「誰かいますか？　いたら、返事をしてください」

目の前にある格子《こうし》窓《まど》に向けて、大声で呼《よ》びかけた。

「重要なことなんですよ。返事をしてください。いいですか――」

おそらくは中にいる人に向けて、もうすぐ格子が塞《ふさ》がれてしまうから出てきた方がいいと、セロンは何度も呼びかけた。

そして耳を澄《す》まして待ったが――

返答はなかった。

「写っていた西側に回るか？　セロン」

ラリーが後ろから訊《たず》ね、

「いや、いい。同じことだろう」

セロンは答えながら立ち上がると、ラリーへと振《ふ》り向《む》いた。灰色《はいいろ》の瞳《ひとみ》で、蒼《あお》い瞳を見て、

時雨沢恵一
KEIICHI SIGSAWA
イラスト：黒星紅白
ILLUSTRATION : KOUHAKU KUROBOSHI

メグとセロンII

三三〇五年の夏休み〈下〉

メグとセロン II

三三〇五年の夏休み〈下〉

C O N T E N T S

「頼《たの》んだ。ラリー」

「よっし。頼まれた」

ラリーは背嚢《はいのう》を背中《せなか》から下ろすと、ドアへと続く石段《いしだん》を登った。その背中を見ながら、

「本当に大丈夫《だいじょうぶ》なのかい？　これが駄目《だめ》なら全部駄目だよ」

ナタリア・スタインベックが、

「まあ、今はラリーに任《まか》せるしかないでしょうね。駄目なら駄目で、その時は何か考えましょう。やっぱり映画ですかね？」

ニコラス・ブラウニングが、

「どうか……、頼みます。助けてあげたいのです……」

シュトラウスキー・メグミカが、

「金髪《きんぱつ》、少しは仕事しろよ。犯罪《はんざい》現場の証拠《しょうこ》写真は勘弁《かんべん》してやるから」

そしてジェニー・ジョーンズが、それぞれの頭の中にあることを、あるがまま喋《しゃべ》った。

「まったく……」

全部聞こえていたラリーが、ドアの前で膝立《ひざだ》ちになった。

ラリーは、ナタリアからもらって、二つに折って先端《せんたん》を加工してあったヘアピンをポケットから取り出した。セロンがその脇《わき》に立った。

「さて、〝ロクシエ軍伝統技巧《でんとうぎこう》〟の始まり始まり……、っと」

ラリーは冗談《じょうだん》めかしながらそう言うと、二本の鉄片《てっぺん》を鍵穴《かぎあな》に差し込んだ。一本を、シリンダーが回転する方向へ力をかけながら保《たも》ち、もう一本を、中の凸凹《おうとつ》に合わせて微妙《びみょう》に押《お》し下《さ》げしながら前後させる。

そして数秒後。

がちん、と鈍《にぶ》い音がして、

「開いたよ」

四人へと振《ふ》り向《む》いたラリーの手の中には、解錠《かいじょう》された南京錠《なんきんじょう》が握《にぎ》られていた。

「おや！　ちっとは成長していたのか……」

「映画はまた今度ですね。なに、劇場は逃《に》げませんよ」

「すごいです！　ラリー君、それはすごいのです！」

「ふむ……。思ったより使えるヤツだな」

四人から思い思いの感想が上がった。

セロンとラリーは、

「お見事《みごと》」

「ま、非常事態《ひじょうじたい》だから」

二人して錆《さび》が浮《う》いた太い鎖《くさり》をゆっくりとほどき、ドアから取《と》り払《はら》った。

観音開《かんのんびら》きの重厚《じゅうこう》なドアをゆっくりと引くと、重苦しい音と共に開いていった。

中から誰《だれ》かが飛び出てこないか二人は身構《みがま》えたが、

「…………」

「…………」

やや湿《しめ》った冷たい空気が流れ出ただけだった。

セロンとラリーは階段《かいだん》を下り、四人の前へと戻《もど》った。

「見事《みごと》なもんだね。今度教えてくれ。職《しょく》にあぶれたら泥棒《どろぼう》になるよ」

「謹《つつし》んで断《ことわ》る。ナータ」

背嚢《はいのう》を背負《せお》いながら、ラリーは答えた。

セロンは彼の隣《となり》に立ち、四人に向けて、さらりと言う。

「じゃあ、行ってくる」

「え?」「はい?」「ん?」「おい!」

ナタリア、メグ、ニック、そしてジェニーが、同時に声を上げた。

「ちょっと待ってくださいよ、セロン。僕達は置いてきぼりですか?」

ニックが聞いて、セロンはさも当然そうに答える。

「俺達二人で十分だろう。何があるか分からないから危《あぶ》ない。最初からそのつもりだったんだが……」

「聞いてないよ。あたし達も参加《さんか》させな」

ナタリアは睨《にら》み、

「そうだ！　わたし達が何しに来たと思ってるんだ？」

ジェニーが叫《さけ》びながら肩《かた》にかけたカメラ入りの鞄《かばん》を持ち上げ、

「私も、できれば行きたいですけど……。ダメなのですか？　セロン君」

そしてメグは懇願《こんがん》した。

「え？　あ……、いや……、その……。まさか、みんなが来たがるとは……」

セロンが、困惑顔《こんわくがお》で答えた。

ナタリアが、同じような困惑顔で返す。

「今までの話を聞いたら、普通《ふつう》は全員で行くと思うだろうよ……。頭も顔もいいのにどこか抜《ぬ》けてるね、セロン」

「しかし、ナーシャ。どんな人間がいるか分からないから危険《きけん》だし……」

「それを言うのなら、あんた達二人だけの方がよっぽど危険で心配だよ。目も耳も多い方がいいだろ？　まああたしは、目はあまりよくないけどね」

ナタリアが、眼鏡を小さく直しながら言った。セロンは困惑顔のまま、

「みんなには、誰《だれ》かが建物《たてもの》に来ないか見張《みは》っていて欲しいかなと……」

「来たらそれまでだよ。全員で怒《おこ》られるしかないだろ？　それとも逃《に》げていいのかい？　誰かが〝おや鍵《かぎ》が開いてるぞ〟ってかけてしまったら、もうどうしようもない。あたし達には開け

られないからね。結局、全員で入っても同じことなのさ。いざとなれば、全員で内側から窓を開けて出てくればいい」

ナタリアの落ち着いた言葉と、

「…………」

散歩をねだる犬のような、メグからのまっすぐな視線《しせん》を受けながらセロンは沈黙《ちんもく》した。

隣《となり》からラリーが、

「一応《いちおう》、軍手も懐中電灯《かいちゅうでんとう》も人数分あるぞ」

そんな言葉。

セロンは数秒間思考《しこう》した後に、

「……みんなは、後ろから来てくれ。絶対《ぜったい》に離《はな》れないでくれよ」

「よっし」

「では僕たちも」

「行くのです」

「当然よね」

喜ぶ四人を見ながら、ラリーが小声でセロンに話しかける。

「薄暗《うすぐら》い地下で女の子と冒険《ぼうけん》――。ある意味二度とないチャンスじゃないか。なあ？」

セロンが、それに小声で答える。

「もはや、俺は何をしようとしているのか自分でも分からないんだが……」

「ん？　〝人助け〟だろ？」

「そういうことにしておくか……」

ここぞこそ話を続けた二人に、

「そこ、男二人でくっつかない！」

ナタリアの声が飛んだ。

全員に懐中電灯《かいちゅうでんとう》と軍手を持たせ、

「準備《じゅんび》はいいぜ。さあ、行こうか、セロン」

「ああ……」

ラリーとセロンを先頭に、一行は建物《たてもの》の中へと足を踏《ふ》み入《い》れる。階段《かいだん》を少し上って、ひんやりとした空気の中へと入っていく。

ラリーとセロンの後ろに女子三人が固《かた》まって続いて、しんがりはニック。先生にばれた時はばれた時だとばかりに、ドアは堂々《どうどう》と大きく開けたままだった。

建物内部は、左右対称《たいしょう》な造りだった。大きな長方形を十字で東西南北に切る、天井《てんじょう》が高い廊《ろう》下《か》がある。

その脇《わき》に木製の壁《かべ》に囲まれた小部屋《こべや》が設《もう》けられているが、建築時《けんちくじ》はあったはずの天井は、今

は取《と》り払《はら》われていた。かつての部屋《へや》は、ドアと壁《かべ》で小分けされたブースになっていた。

ひんやりとした、少し湿度《しつど》が高い空気が漂《ただよ》っていた。かすかに、鉄が錆《さ》びた臭《にお》いがした。

全員が建物《たてもの》中央に立って、内部を物珍《ものめずら》しそうに見回した。屋根や壁の高い位置《いち》に採光窓《さいこうまど》があり、そこからの光で中は必要十分に明るい。誰《だれ》も懐中電灯《かいちゅうでんとう》をつけなかった。

廊下《ろうか》には微《かす》かに埃《ほこり》が積もっていたが、定期的に掃除《そうじ》はされているのか、きれいに片付いていた。床《ゆか》の石畳《いしだたみ》は歩行が多いところだけがなだらかに窪《くぼ》み、三百年という長い年月を感じさせていた。

「さてさて……、地下への入り口はどこだ？　見えないが」

ラリーが言った通り、左右前後へと視線《しせん》を送っても、階段《かいだん》のたぐいは見えなかった。廊下は全て視界《しかい》に入っているので、

「つまりは部屋のどこか、か」

セロンが言った。

「手分けして探《さが》すか？」

ラリーが聞いて、

「いや、一緒《いっしょ》に探そう。東側から順に」

セロンは答えた。そして、長い廊下を慎重《しんちょう》に進み出した。

ラリーが続き、その際《さい》にナタリアに一言。

「頼《たの》むぞ」

「あいよ」

ナタリアはメグのすぐ脇《わき》に立って、エスコートするように歩いた。

ジェニーは、鞄《かばん》から取り出した五十ミリレンズつきのカメラを首からさげ、あたりをきょろきょろと見回しながら、時折シャッターを切る。ニックが、その後ろから続いた。

セロンとラリーは、一番近いドアの手前で立ち止まった。ラリーがノブに手をかけ、それから慎重《しんちょう》に引いて開き、ゆっくりと室内を覗《のぞ》いた。

一部屋は、およそ四メートル四方の広さがあった。

床は廊下と同じで石畳。そしてその上には、湿気《しっけ》で反《そ》った古い木材が雑に山積みにされていた。他には何もなかったし、誰《だれ》もいなかった。

反対側の部屋を同じように見て、こちらには煉瓦《れんが》が積んであった。黒ずみがかなり年月を感じさせ、積み上げた山の裾《すそ》ではひび割れているものもある。

そうして建物の東半分の部屋を調べ終えて、

「ないな、セロン」

「ああ。ない」

階段らしきものは発見できなかった。部屋にあったのは、いつ置かれたのか分からない建材《けんざい》だけだった。

「もはや使う気はないようだ。動かすのが面倒《めんどう》だから放置《ほうち》してあるだけだ」

セロンが、

「昔は――、というか〝大昔〟は、修繕《しゅうぜん》なんかも先生方がやっていたんだろうな。今は土建《どけん》業《ぎょう》が入るし、たいてい材料も持ってくるしな」

そしてラリーが言った。

「さて？」

ナタリアの短い質問に、西側だ、とセロンが答えた。一行は廊下《ろうか》を引き返し、残りの半分を調べ始める。

先頭の二人は、いつ何を発見しても大丈夫《だいじょうぶ》なように、そしていつそこから誰《だれ》かが飛び出してきてもいいように身構《みがま》えて探索《たんさく》した。

中央寄りから順に調べていったが、錆《さ》びた足場用鉄パイプや丸めたままの針金など、もう使われる予定のない建材《けんざい》が置いてある部屋《へや》ばかりが続いた。

「あとは、二つだけだな」

ラリーが言った。調べていない部屋は、建物の西側の端《はし》にある二部屋だけとなった。位置的《いちてき》にいえば、その下は例の人間が写真に撮《と》られた場所になる。

ラリーがドアを引いて、ゆっくりとそのうちの一つへと、北西の端に位置する部屋へと顔を出す。そして、

「む……。ここか？」

そう言ってから、セロンに中を見るように促《うなが》した。

セロンが、しゃがんだラリーの金髪《きんぱつ》の上に顔を出し、灰色《はいいろ》の瞳《ひとみ》で部屋を覗《のぞ》く。

その部屋は、今までの、他のどの部屋とも違《ちが》っていた。

中に建材はなく、茶色の古い絨毯《じゅうたん》が一枚、部屋のほとんどを覆《おお》って敷《し》かれていた。その上に、古びた木製の机が一つ載《の》っていた。

セロンは四人に廊下にいるように指示《しじ》して、ラリーと部屋に入った。

「…………」

「…………」

二人は何も言わずに、目配せで意見を合わせた。机の両端《りょうたん》を持つと、静かに持ち上げて、廊下へと出した。

部屋に残るのは、敷かれた絨毯だけになった。室内に戻った二人は腰《こし》をかがめると、その絨毯を丸め始めた。ゆっくりと、とてもゆっくりとめくる。

廊下でドアの縁越《ふちご》しに、残された四人がその様子《ようす》を眺《なが》める。

そして——

「当たりだぜ、セロン」

「ああ……」

その下に現れたのは、石畳《いしだたみ》の中に埋《う》め込《こ》まれていた木製のドアだった。

縦横《たてよこ》一メートルほどのドアが、部屋《へや》のほぼ中央部に、床《ゆか》と同じ高さに存在《そんざい》していた。セロンとラリーが絨毯《じゅうたん》を丸めきると、完全に露出《ろしゅつ》した。

「開けていいか？　セロン」

「頼《たの》む」

ラリーが、ドアの取っ手を摑《つか》む。力をかけると、分厚いドアはあっさりと開いた。その隙間《すきま》から、風が格子窓《こうしまど》を通《とお》り抜《ぬ》ける音が小さく聞こえる。

黒い隙間は広がり、ドアを開ききった時には一メートル四方の穴になった。

二人は開いたドアを、そのままひっくり返し、丸めた絨毯の上に置いた。万が一にも自然に閉まらないように、少し位置《いち》をずらした。

「誰《だれ》か、そこにいますか！」

セロンが、穴《あな》へと声をかけた。

声は地下へ吸い込まれ、反響《はんきょう》だけがうっすらと戻《もど》り——

そして返答はなかった。

セロンは、懐中電灯《かいちゅうでんとう》で穴の中を照らした。

一階の床の石材に、鉄製のはしごがしっかりと埋め込まれていた。はしごは二メートル半ほど下で、地下室の床へと触《ふ》れていた。

見える範囲《はんい》には誰もおらず、床とはしご以外は何も見えなかった。

セロンはもう一度地下に声をかけた後、

「いいぞ。来てくれ」

振《ふ》り向《む》いて廊下《ろうか》にいる四人を呼《よ》んだ。

四人が興味深《きょうみぶか》げに室内に入り、そして六人全員が、穴を取り囲むようにしゃがみ、覗《のぞ》き込《こ》んだ。

「なるほど……。誰かが出入りしているのはよく分かったよ。だんだん証拠《しょうこ》が出てくるね」

まずはナタリアが、

「ここそが、誰知らぬ迷宮《めいきゅう》への入り口というわけですね」

次いでニックが、

「明るいところに出てこい。ちゃんと撮《と》ってやる」

そしてジェニーが、

「一刻《いっこく》も早く助けてあげましょう！　こんなところにずっといると決して健康によくはないのです！」

最後に、メグが言った。

「本当に全員で行くのか？」

「くどいよ、セロン。準備《じゅんび》はできたよ」

開いた地下への入り口の前で、セロンとナタリアが言葉を交わした。

六人全員が、緑色の軍手をはめた手に懐中電灯《かいちゅうでんとう》を持っていた。ちかちかと、その点灯《てんとう》を再《さい》確認《かくにん》した。

「……では行くが、離《はな》れないでくれ。迷子《まいご》になられたら困《こま》る」

セロンが言って、

「では、行かん」

背嚢《はいのう》を床《ゆか》に下したラリーが、真っ先に両足を穴《あな》に降《お》ろした。

ラリーは、足をはしごに載《の》せると慎重《しんちょう》に体重をかけていき、それが自分を支《ささ》えるに足ることを確認した。そして、セロンとナタリアが照らす地下の床へ向けて、ゆっくりと降りていく。

後ろを見ながらラリーが降りていく間も、

「誰《だれ》かいませんか？　今から入りますよ！」

セロンは、地下へ話しかけることを忘《わす》れない。

やがてラリーは、二人が見ている前で何事もなく地下へと降り立ち、そこで懐中電灯をつけた。

ラリーがぐるりと当たりを照らす様子《ようす》が、上から見える。光が一周《いっしゅう》し、そして止まった。セロンが穴の下へと訊《たず》ねる。

「どうだ？　どうなってる？」

「誰も、いない……。今見えるのは、地下の石組みの空間で、かなり広いんだが……、建物《たてもの》の半分くらいはあるぞこれ。でも、誰もいない。物もない」

ラリーの怪訝《けげん》そうな声が、若干《じゃっかん》の反響《はんきょう》を伴《ともな》って返ってきた。

「頼《たの》む」

ナタリアに荷物を任《まか》せて、セロンがはしごに足をかけた。


セロンは慎重に降りると、ラリーと同じように懐中電灯をつけて周《まわ》りを見回した。

地下は、六面全てを石に囲まれていた。

天井《てんじょう》の高さは、普通《ふつう》の階より少し低い。建物の中よりさらにひんやりとしているが、格子窓《こうしまど》で空気が流れているせいか、湿気《しっけ》はほとんど感じない。

格子窓からは光も入るので、目が慣《な》れてくると、細部《さいぶ》を見るのでなければ懐中電灯はいらないほどの明るさがあった。

そしてセロンに見えたのは、互《たが》い違《ちが》いではなくまっすぐ組まれた灰色《はいいろ》の石の壁《かべ》と床と天井だけだった。本当に何もない、空箱《からばこ》の中に入ったような空間だった。

ラリーが言った通り、一部屋《ひとへや》は広い。

ほぼ正方形で十メートル四方の、地上の建物を二つに分けたほどの大きさがあった。隣《となり》の部屋、つまり地下の東側半分へは、ドアのない幅《はば》一メートルほどの隙間《すきま》があるだけ。

セロンが、隣《となり》にいるラリーへと口を開く。

「なるほど、本当に何もないな。隙間の左右は、基礎補強《きそほきょうよう》用の壁《かべ》だろう」

「向こう側も、今のうちに探《さが》してしまうか？」

「そうだな。ナーシャには悪いが」

ラリーの提案《ていあん》に乗ったセロンは、二人で懐中電灯《かいちゅうでんとう》を手に地下を進んだ。穴《あな》の上から、

「あっ、二人とも！」

ナタリアの声が聞こえたが、二人は無視《むし》した。

「誰《だれ》かいませんか？」

「誰かいますか？」

セロンとラリーは声を上げながら、隣の部屋《へや》へと、地下の東側半分へとつながる隙間へと進んだ。

「…………」「…………」

その手前で、二人は一度顔を見合わせてから、

「誰かいませんか！」「失礼しますよ！」

同時に懐中電灯を照らしながら、その隙間をくぐった。

「…………」「…………」

そして、そこにある物を見て、押《お》し黙《だま》った。

何もなかった。

「どういうことだ……？」

「分からない……」

首を傾《かし》げながら、ラリーとセロンが最初に降《お》りた西側半分に戻《もど》ってくると、

「二人とも！　勝手に楽しんでるんじゃないよ！」

穴からナタリアが眼鏡の顔を逆《さか》さに出して、前髪《まえがみ》を垂《た》らし、そして怒《おこ》っていた。セロンが応《こた》える。

「ああ、もう降りてきて大丈夫《だいじょうぶ》だ。ナーシャ」

「どういうことだい？　どうなってる？」

「何もない。誰もいない」

「はあ？　――まあいい。許可《きょか》が出たようなので降りるよ」

まず、ナタリアがはしごを降りる。ラリーの背嚢《はいのう》を片腕《かたうで》にぶら下げていて、降りるとすぐにそれをラリーに突《つ》き出《だ》した。

「ほらよ」

「ああ、無理に降ろさなくてもよかったのに」

「いいから受け取れ」

続いて、ナタリアが下で見守る中、メグがおっかなびっくり降《お》りてきた。

次いでジェニーが身軽に、最後にニック。

「結局全員かよ」

ラリーがぼやき、

「別にいいだろ。で、何があった?」

ナタリアが聞いた。その声が、地下室で小さく反響《はんきょう》する。

四人の注目を浴びながら、セロンが先ほどと同じように答える。

「何もなかった」

「はい?」

「置いていった俺が言うのもなんだけど、これは見てもらった方が早いな」

セロンに引き連れられ、新たに降りた四人が、懐中電灯《かいちゅうでんとう》を手に地下室巡《めぐ》りを始めた。

そして、ものの数十秒で終わった。

六人が地下で見ることができたのは、壁《かべ》と床《ゆか》と天井《てんじょう》の石、そして高いところにある格子窓《こうしまど》だけ。物もなければ、ゴミの一つも落ちていない。二つの空部屋《からべや》が、ただ存在《そんざい》するだけだった。

六人は、はしごの手前まで戻《もど》ってきた。懐中電灯を消した。

「ここはまた、とても綺麗《きれい》に片付いていますね」

ニックが、感想なのか皮肉《ひにく》なのか分からない台詞《せりふ》を言って、

「オレの部屋よりずっとな」

ラリーがそれに乗った。

「…………」

セロンは二人の言葉を聞いて、訝《いぶか》しげに目を細めた。

ジェニーは西側の格子窓の前、つまり写真で謎《なぞ》の顔が写った位置《いち》に立ち、

「ここだ！　ここにいれば、写ったはずだ！　いたんだ！　誰《だれ》かがいたんだ！」

小さい体で何度も飛《と》び跳《は》ねた。

「何もなくて、誰もいないとは、つまりどういうことなのでしょうか……？　なんでなのでしようか……？」

メグが聞いたが、答えられるものはいない。

背嚢《はいのう》を足下に置いたラリーが、セロンに訊《たず》ねる。

「なあ……、今さら、こんなことを言うのはなんだけれどさ——」

そんな言葉と、どうにも歯切れが悪い喋《しゃべ》り方《かた》に、全員の注目が集まった。ラリーはそれを認《にん》識《しき》したうえで、

「例の写真……、何か光のいたずらだったとか、そんなことは考えられないか？」

「こらっ！　金髪《きんぱつ》！　てめえっ！」

怒鳴《どな》ったジェニーに、ラリーは、

「可能性《かのうせい》の話だよ」

首を振《ふ》ってそう返した、そしてセロンは答える。

「考えられない」

「お？」

「ネガが盗《ぬす》まれる理由がない」

「それに、もし本当に誰《だれ》もいないとしたら――、ここは不自然すぎる」

「そういえば、そうか……」

「ん？」

ラリーが首を傾《かし》げ、

「どういうことですか？　セロン君」

やはり分からなかったメグが訊ねた。

「綺麗《きれい》すぎる」

セロンの短い言葉に、ラリーはむう、と唸《うな》り、ジェニーとニックが、

「なるほど、確《たし》かにそうね」

「言われてみればそうですね」

ほとんど同時に言った。ナタリアも、何度か頷《うなず》いた。

「えっと……？」

首を傾げたままのメグに、ナタリアが説明する。

「ここ、使われていない地下室にしては綺麗すぎるでしょ？　格子窓《こうしまど》だし、もっと外からのゴミとか落ち葉とか土埃《つちぼこり》とか積もっていてもいいのに」

「ああ、そういうことでしたらそうですね……。不思議《ふしぎ》です」

「虫がうじゃうじゃ蠢《うごめ》いていてもおかしくないぞ」

ラリーが付け足した。

「それはいなくて結構《けっこう》。つまり――」

ナタリアの言葉を、

「誰かが、しっかりと掃除《そうじ》をしているってことですね」

ニックが引《ひ》き継《つ》いだ。

「すると、やっぱり誰かが、正体は分からないがいるとして――」

ラリーがつけた懐中電灯《かいちゅうでんとう》と首を回しながら、

「どこに？　一体どこにいる？」

ニックは軽く首を傾げて、

「もしや、その人間はずっとここにはいないのでしょうか？　写真に撮《と》られた時のように、たまにはここにいて、時折は外に出る？　先ほどの絨毯《じゅうたん》も、ここにいる人が上に出て、隠《かく》すために敷《し》いて机を置いたとか」

「まさか」

ジェニーは即座《そくざ》に言い返した。

ナタリアも、否定的《ひていてき》な意見を述《の》べる。

「考えにくいね。他のところならともかく――、ここは〝学校〟だからね」

最後の台詞《せりふ》に、全員が同意して頷《うなず》いた。

ラリーが言う。

「上級学校は、それこそ軍隊並《な》みに、良くも悪くも閉鎖的《へいさてき》な空間だからな。誰《だれ》かがそんなことをしていたら、すぐに不審者《ふしんしゃ》として通報《つうほう》されるのがオチだ。警備員《けいびいん》がすっ飛んできて、ゴム散《さん》弾《だん》の餌食《えじき》だぜ」

「だとしたら――、もうこれしか考えられない」

セロンが意味ありげに口を開き、五人が黒髪《くろかみ》の少年を見た。

そしてセロンが一言。

「まだあるんだ」

「はい?」「へ?」「あ?」「えっ?」「ん?」

五人が、それぞれ間《ま》の抜《ぬ》けた声を出した。

五人を代表して、ナタリアが訊《たず》ねる。

「〝ある〟って、何が？　――あんたは頭の回転が速すぎて、時々あたし達がついていけない喋《しゃべ》り方《かた》をするね。セロン」

　セロンが、小さく首を振《ふ》りながら答える。

「……ああ、すまない。〝ある〟というのは、別の地下空間、そして別の入り口がだ。この地下室には、最低でももう一つは出入り口があって、それはどこかにつながっているんだ」

「なるほど……。それなら無理はない」

　ナタリアが言った。

「ああなるほど、と言いたいが……、どこにだ？　セロン。地下室に、続きがあるっていうのか？」

　ラリーが、石の壁《かべ》を照らしながら訊ねた。セロンは頷《うなず》く。

「ああ。この建物《たてもの》は三百年前のものだ。地下室もまたしかりだ。当時、このあたりは古い町の中心部で、他の建物が近くにあった」

「理にかなっていますね。僕は歴史も好きなのですが、ロクシエでは中世に作られた都市に地下室や地下回廊《かいろう》はとても多いのです」

　ニックの言葉に、ラリーは、そうなのか？　と言ってセロンを見た。セロンが頷く。

「得《え》てして、岩盤《がんばん》が露頭《ろとう》している場所に作られたからな」

　セロンの言葉だけだと不十分だと思ったのか、

「つまりですね――」

ニックが間髪《かんはつ》おかず説明を加える。

「それまでは、町といえば農耕《のうこう》に適《てき》した土壌《どじょう》がある場所に作られていました。しかし、中世になって建築《けんちく》技術が向上《こうじょう》して、かつてない大きな建物《たてもの》ができるようになると、重みで沈《しず》まないように、石が地面に出ている堅《かた》い地層《ちそう》が好まれたんです。建材《けんざい》の提供《ていきょう》と地下空間の利用という二つのメリットがあったので、地下は実に頻繁《ひんぱん》に作られました。調子《ちょうし》に乗って大きすぎるのを作ってしまったり、建物の増改築《ぞうかいちく》で複雑怪奇《かいき》につながったりした例もあったそうですよ。そしてそんなところには隠《かく》し扉《とびら》が設《もう》けられて、得《え》てしてひどく邪《よこしま》なことに使われたのです。隠《かく》し財産《ざいさん》庫《こ》とか、悪徳領主《あくとくりょうしゅ》の裏取引《うらとりひき》の現場にとかね。時代小説を読むと、地下は頻繁に出てきますよ」

「なるほどね。ここにそれがあっても不思議《ふしぎ》じゃないと、そういうわけね」

ジェニーが言って、

「よく分かったよ。――話は変わるが、あんた達の豊富《ほうふ》な知識《ちしき》を、次の試験の時に少し貸してはくれないか？」

そしてナタリアが言った。

「ではでは――、この地下室にも秘密《ひみつ》の入り口があって、隣《となり》の地下室につながっていて不思議ではなくて、その人は私達から、とっても隠れている可能性《かのうせい》が高いわけですね？」

メグがセロンに向かって訊《たず》ね、セロンは頷《うなず》いた。

「ああ。――だから、この地下室の壁《かべ》を徹底的《てっていてき》に探《さが》そう。どこかに通路があるはずだ」

「でも、簡単《かんたん》ではありませんよ」

ニックが言う。

「地下の隠し扉といえば、見つけるにはここぞといった場所をしっかりと押《お》さないと。片《かた》っ端《ぱし》から壁を押していくのは結構難儀《けっこうなんぎ》です」

「そうだな……。なるべく早くいきたいが」

セロンが苦々しくつぶやいた時、

「じゃ――、あたしの出番かね」

眼鏡を指で押し上げながら、ナタリアがすっと歩《ほ》を進めた。

第十章

「音」

第十章「音」

「どうする気だ？　ナータ」

自信たっぷりに歩み出た眼鏡の少女に、ラリーが訊《たず》ねた。

メグは首を傾《かし》げていて、ニックとメグも、成り行きを黙《だま》って見守っている。

「いいから任《まか》せな。あたしの出番だ」

「まさか……、バイオリンを弾《ひ》いたらドアが開くとか？」

ラリーが真剣《しんけん》な顔で頓珍漢《とんちんかん》なことを言って、ナタリアは吹き出した。

「あははは！　――でも、ちょっとだけ近いね。誰《だれ》か、そこそこ大きくて堅《かた》い何かを持ってないかい？　ラリー、背嚢《はいのう》に何かないか？　棍棒《こんぼう》みたいなのがいい」

「お？　ああ、折りたたみシャベルがあるが」

「上々。さあ早く出せ」

「……？　分かったよ」

ラリーは不思議《ふしぎ》がりながら、背嚢の外側ポケットに入っていた軍用の折りたたみシャベルを出した。シャベルとしては中くらいの大きさで、緑色の木製の柄《え》の先に、黒い金属製《きんぞくせい》の刃《は》が折りたたまれてついている。

ラリーは手慣《てな》れた様子《ようす》で折りたたまれた部分を広げて、ナットを回して固定《こてい》した。そして、柄の部分からナタリアに差し出した。

「ほらよ、ナータ」

「どうも。——さあて、どこからいこうかね？　セロンはもう、あたしが何をしようとしているのか気づいていると思うけど」

「ああ」

セロンが肯定《こうてい》。直後にメグも、

「あ！　私も分かりました！」

明るい声と右手を上げた。セロンは、首を傾げているラリーやニックをひとまず置いておいて、ナタリアの質問に答える。

「北側の調査は最後で構《かま》わないと思う。その先はすぐに境界の塀《へい》があるだけだし、その上はアパートが建《た》っている。そして東西より、やはり幅《はば》が広い南側だろうな——、別の地下室があるとすれば。頼《たの》む」

「了解《りょうかい》。ちょっとみんな、しばらく黙っていてね。できれば足音もたてないで」

「何を——」

「いいからいいから。黙って聴《き》いてな」

ラリーの言葉を押《お》し留《とど》めたナタリアは、バイオリンの代わりにシャベルを手に、南側の壁《かべ》へと歩き出した。

セロンが、少し後ろから護衛《ごえい》のようについていった。

残りの四人は少し悩《なや》んだ後に遅《おく》れて歩き出し、ナタリアが壁の手前に立ったところで、二人の三メートルほど後ろで立ち止まった。

「さて——」

柄《え》を手にしたナタリアは、南側の石壁の端《はし》を、自分の首あたりの高さを、

「打楽器も嫌《きら》いじゃないよ」

シャベルの先端《せんたん》で勢《いきお》いよく叩《たた》いた。

がん、と鈍《にぶ》く重い音が生まれ、小さく地下室に反響《はんきょう》してかき消えた。

「ふむ」

ナタリアは、その上と下の壁を、手を伸ばして同じように叩いた。同じような音をたてた。

「ふむふむ」

続いて、ナタリアは一歩大きく左へ。

一メートルほど離《はな》れた場所で、再《ふたた》び、中、上、下、と叩く。

そしてまた一歩左へ。また三回の打撃《だげき》。

後ろで見ていた四人のうち、ジェニーとニックは、叩いた時点でナタリアがやろうとしてい

ることに気づき、

「一体――」

口を開いたラリーへと、二人は口元で人差し指を立てた。

鈍い打撃音が十二回響《ひび》き、またナタリアは一歩左へ動いた。そしてその位置《いち》で一撃《いちげき》をした直後、

「……………」

ナタリアはもう一度、同じ場所を叩いた。次に上ではなくその下を叩き、先ほどまでとまったく同じに聞こえる音を響かせた。

「ここは怪《あや》しいね」

ナタリアはそう言うと、振《ふ》り向《む》いて笑顔《えがお》を見せた。

「まさか……、叩いた音で分かるのか？　ナータ」

気づいたラリーがそう訊《たず》ねて、ナタリアはまるで朝食のメニューを聞かれたかのように、あっさりと答える。

「ああ。ここと下、明らかに他と違《ちが》っただろ？」

「いや、オレには全然分からなかったが……。セロンは？」

聞かれたセロンが首を横に振って、

「全部同じに聞こえた」

「私にも、分かりませんでした……。聴《き》き取《と》ろうとしたのでしたが……」

「僕もです。降参《こうさん》です」

「わたしもよ」

メグとニック、そしてジェニーもそう言って、

「なるほど……、オレが特別鈍《にぶ》いわけじゃないんだな」

ラリーがつぶやいた。

「まあ、微妙《びみょう》に音が通っただけだからね。この向こうはたぶん空洞《くうどう》があるよ。とはいえ、必ずここに隠《かく》し扉《とびら》があるって保証はないから、押《お》すのは任《まか》すよ、ラリー」

ナタリアがスコップを手に壁《かべ》から離《はな》れ、セロンは逆《ぎゃく》に近づく。ラリーはナタリアを怪訝《けげん》そうな目で見ながらすれ違《ちが》い、セロンの隣《となり》へ。

セロンが懐中電灯《かいちゅうでんとう》を灯《とも》し、その壁を照らした。脇《わき》に来たラリーと二人で、石の壁をなめるように見た。

二人はしばらく調べていたが、石の組み合わせに、他の部分との違いはほとんど見られなかった。

「信じられるか？　セロン」

「試《ため》す価値《かち》はあるさ。やってみよう。——手でも挟《はさ》むと危《あぶ》ないから、少しずつ力をかけて、ちょっとでも動いたら力を抜《ぬ》こう」

「分かった」

セロンの指示《しじ》で、セロンがナタリアに示された壁の中くらいの高さへ、ラリーはしゃがみ込んで低い位置《いち》へ、両手を押し当てる。

「いくぞ――。せーのっ、せっ！」

二人が壁を押した瞬間《しゅんかん》、ごりっ、と音がして、

「え？」「お？」

二人が驚《おどろ》くほどあっさりと、押した箇所《かしょ》が二センチほど、壁にめり込んだ。

二人が壁から離れ、懐中電灯を灯す。壁の石組みが、床面《ゆかめん》からセロンの腰《こし》の高さまで、薄《うす》く正方形にくぼんでいる。

ラリーが一人でゆっくりと力をかけてさらに押すと、隠し扉はじわじわと奥《おく》へと動いていく
押していた本人が目を丸くして、

「おいおい、当たりかよ……」

「流石《さすが》だ。このまま押していこう」

「了解《りょうかい》」

二人が押し続けた結果、動いた部分は四十センチほど奥まった位置で止まった。

もうそれ以上は動かないことを確認《かくにん》したセロンは、

「ラリー、たぶん横だ。どちらかに動かないか？」

「よし。オレがやる」

セロンが身を引いたのを待ってから、ラリーは右側の細い隙間《すきま》に両手の軍手の指を入れて、力をかけた。

あっけないほどのなめらかさで、薄《うす》い石の固《かた》まりが、一枚のドアとなってスライドしていく。

「おお。よくできてるなあ……、これ」

ラリーは感心しながら滑《すべ》らせ続けた。隠《かく》し扉《とびら》は、人一人が十分くぐれる広さに開くと、そこで端《はし》を少し残して止まった。

セロンの懐中電灯《かいちゅうでんとう》の光が、その向こう側に続く石組みの地下通路を照らし出した。

二メール近い、普通《ふつう》の人なら十分に立って歩ける高さがある、幅《はば》にして一メートルほどの通路だった。壁《かべ》には等間隔《とうかんかく》で、ろうそくを置くためのくぼみがあった。

光が照らす五メートルほど先で、通路は石壁に突《つ》き当《あ》たり、九十度左に曲がっていた。見える範囲《はんい》に、物や人の姿《すがた》はない。

「わお！」

ラリーは一言漏《も》らし、

「見つけたぜ！　本当に通路だ！　このサイズならどっかに繋《つな》がってるだろう！　——ナータ。お前、実は凄《すご》いな？」

振《ふ》り向《む》きながら嬉《うれ》しそうに言った。

「〝実は〟ってなんだよ、〝実は〟って」

ナタリアが不満三割、喜び七割ほどの口調《くちょう》で答えた。

「おめでとうございます！ ナタリアさん」

「いや、それはちょっと違《ちが》う気がするけど……。まあ、ありがとうねメグミカ」

「素晴《すば》らしいですよ。僕も感服《かんぷく》しました。やっぱり、〝みんなで来て〟正解でしたね」

「だろ？ ――人間、協力が何より大事なのさ」

「今度ちょっと記事にしていい？ 見出しは、そうね――〝仰天《ぎょうてん》の聴力《ちょうりょく》！ 動物の声を聞き分ける少女が存在《そんざい》したっ？〟」

「いや――、それはやめて」

皆がナタリアを誉《ほ》める間に、セロンはしゃがんだまま、石のドアがスライドする基部《きぶ》を調べていた。

セロンは身を引いて起きあがると、何か堅《かた》く小さな物はないかとラリーに訊《たず》ねた。

「……？ 缶詰《かんづめ》があるが」

「それでいい。出してくれ」

「分かった。……それで叩《たた》くのか？」

「いや、置くんだ。固定《こてい》できるテープがあるとなおいい」

セロンの返答は相変わらず短いが、

「なるほど！　隠《かく》し扉《とびら》が閉まりきらないようにするんだな」

今度はラリーが意図《いと》に気づき、セロンが頷《うなず》いた。

ラリーは背嚢《はいのう》から、平べったくつぶしてあった荷造り用のテープと、それほど大きくない缶《かん》詰《づめ》を一つ取り出した。

円筒形《えんとうけい》の缶は鈍《にぶ》い緑色に塗《ぬ》られ、〝コンビーフ　暖《あたた》めるとさらに美味《びみ》なり〟と素《そ》っ気《け》ない文字が書かれている。

セロンは礼を言って受け取ると、缶詰をドアの基部《きぶ》に横にして置いた。転《ころ》がらないように、テープを長く使い押《お》さえるように貼《は》り付《つ》けた。

「これで、ドアが閉め切られる恐《おそ》れはないな。——さて、どうする？」

ラリーが聞いて、

「ひとまず、ここを行くしかないのだろう」

「そうこなくっちゃ。皆は？」

「つれてけよ！」

ナタリアが後ろから答えて、セロンは四人に振《ふ》り返《かえ》ると、

「まあ、仕方ない……。奥《おく》がどうなっているかゆっくりと確《たし》かめつつ、だ」

「ああ。それでいいよ。慎重《しんちょう》なのは悪くないからね」

セロンは、まず自分からドアの開口部《かいこうぶ》をくぐり、懐中電灯《かいちゅうでんとう》を灯《とも》して少し進んだ。

続いてラリーがくぐり、背嚢を引き寄せてから背負《せお》う。

「ナータ、頭ぶつけるなよ」

「そりゃ、あたしはでかいからね」

ナタリアは軍手の両手を床《ゆか》について、そしてくぐり抜《ぬ》けた。それから振り返り、メグが抜けるのを手助けした。

セロンがゆっくりと前に進む。ジェニー、そしてニックが無事《ぶじ》に通り抜けた。

先頭に立つセロンとラリーは、懐中電灯で照らしながら、足下を一応《いちおう》確かめながら進む。

「ひんやりしているね。夏にはいいところだ」

ナタリアが言った。その長袖《ながそで》シャツの裾《すそ》を、メグがしっかりと握《にぎ》りながら続く。

「これ、普通《ふつう》に取材《しゅざい》しても十分に面白《おもしろ》いんじゃないですか？」

最後尾《さいこうび》のニックが言って、まあな、とその前にいるジェニーは返した。

「緊張感《きんちょうかん》がねえな……」

ラリーが小声でポツリと漏《も》らした。

セロンとラリーの二人は、ゆっくりと曲がり角へと近づきながら、そこから誰《だれ》かが飛び出てこないか、ずっと警戒《けいかい》していた。

「こんにちは！　誰かいませんか！」

セロンが、狭《せま》い通路に声を響《ひび》かせた。ラリーが続く。

「誰《だれ》かいませんか！　今からそちらに行きますよ！」

二人は顔を見合わせ、小さく頷《うなず》くと、

「それっ！」

左に曲がる角へと身を出した。

「…………」「…………」

そして黙《だま》ったままため息《いき》。

「どうなってる？」

後ろから聞いてきたナタリアに、

「また通路だ。十メートルくらいか？」

ラリーは答えながら、先に進み出したセロンの後を追った。

ナタリア以下四人が角を曲がると、まったく同じように通路が続いていた。ただし、今度は倍の長さ。光が届《とど》いている突《つ》き当《あ》たりでは、右へと曲がっていた。

「どうする？　セロン」

「…………」

ラリーに聞かれたセロンはしばらく考えた。五人が、その答えを待った。

セロンが振《ふ》り向《む》いた。

ナタリアがセロンの胸元《むなもと》を照らし、〝マクスウェル〟の刺《し》繍《しゅう》が暗闇《くらやみ》に光る。脇《わき》へ散る光で、顔がぼんやりと見え、その口が動く。

「あまり奥《おく》へ奥へとは行けない。本気で行くのなら、今度はもっと長くて大量のロープと、地図の作成が必要だ。懐中電灯《かいちゅうでんとう》の電池の予備《よび》も、水ももっとたくさんいる」

ラリーが、念のために通路の先を照らして監視《かんし》を続けながら、

「同感だな……。全員で背嚢《はいのう》を背負《せお》って、頭にはランプ付きのヘルメットだな。大事だ」

「決めた」

「おっ？ ——どうする？ セロン」

「あの今見える角を曲がって、それより先にまだ続いているようなら、そこで戻《もど》る。探索《たんさく》は諦《あきら》める」

「ええ？ 戻ってしまうのですか？ 入ってきた建物《たてもの》へと、みんなで戻るのですか？」

メグが聞いて、セロンは冷酷《れいこく》にも見える、努《つと》めて冷静《れいせい》な口調《くちょう》で言う。

「そうだ。このまま進んだら、何かあった時に危《あぶ》ない。例《たと》えば、この先道が複雑に分かれていて無理に進んだ末に迷《まよ》ってしまったら？ あまり考えたくないが落盤《らくばん》が起きて閉じこめられたら？ ——俺達がここにいることは、誰にも言ってない」

「それは、それは、よく分かります……。でも、でもです……、この先には誰かがいるのですよね？ 閉じこめられそうな、誰も知らない誰かが」

「…………。そう思う」

「だったら、やっぱり助けてあげたいべきです。——助けてあげるべきです。私達は、そのためにここに来たのだからです」

「…………。メグミカさん」

「はい」

次のセロンの言葉を、皆《みな》が黙《だま》って待った。何も音がしない時間が数秒流れて、セロンが息《いき》を吸い込む音が聞こえて、

「俺も、できればその人を助けてあげたい……。でも、そのために君を危険《きけん》にさらすわけにはいかない」

「おお」

一人だけ別の方向を向いていたラリーが、感激《かんげき》してそう漏《も》らし、ナタリアは顔がメグに見えていないのをいいことに、にやりと笑った。

ジェニーがやれやれと肩《かた》をすくめて、

「そうですね」

最後尾《さいこうび》のニックは、ストレートに同意の意見だけを述《の》べた。

「…………」

黙り込んだメグの肩にナタリアが手を置いて、

「まあ、次の角までは行ってみようよ。納得《なっとく》したがっているのに納得できないのは、よく分か

るよ」

　悲しげなメグを見ながら、セロンは、

「そうしよう。そして、もし戻《もど》っても見捨てることはしないのは約束する。今日中に、それが無理でも明日中に、もっと人を呼《よ》んでしっかりと説明して、ちゃんと捜《さが》してもらおう。必要なら、演劇部の力も借りる」

「……分かりました。分かりました」

　うつむきながらメグが言って、

「では」

　ラリーはゆっくりと進み出した。

　セロンは、

「…………」

　メグにそれ以上何も言えず、身を翻《ひるがえ》すとラリーの斜《なな》め後ろについた。

　二人が数歩進んで、ラリーはセロンに小声で、彼にしか聞こえないように訊《たず》ねる。

「あの角を曲がって——、何かあると思うか？」

　セロンも小声で、即答《そくとう》する。

「いいや。おそらく、また通路だろう」

「だろうと思った」

「昔の人間は、面白《おもしろ》い物を作ってくれた」

「感心か？　愚痴《ぐち》か？」

「両方だな」

こそこそと話しながらゆっくりと進む二人に、

「そこ！　男同士でひそひそ話しない！」

ナタリアから叱咤《しった》が飛んだ。

セロンとラリーは、右への曲がり角にさしかかり、

「さて……、曲がるか」

「ああ。曲がろうか」

諦《あきら》め口調《くちょう》で会話を交《か》わすと、今度は何も言わずに、右に曲がる角から身を出した。

そして――

「…………」「…………」

二人して、絶句《ぜっく》した。

部屋《へや》があった。

＊　＊　＊

「ソフィア君。ちょっと待ち針を取ってくれるかい？」

「え？　——はい、どうぞ。部長」

「ありがとう。——こっちの衣装《いしょう》は僕が仕上げちゃうから、みんなと一緒《いっしょ》に休んでいてくれていいよ」

「え？　ええ……。えっと、いいですよ。今みたいに手が必要になるかもしれませんから、ここにいます」

「そう？　悪いね」

「いえ……。部長、本当にお裁縫《さいほう》得意ですね」

「まあねえ。小さい頃《ころ》から、家で姉に教わったからね。去年学校を出て、今は〝エプスタイン〟で服飾《ふくしょく》デザイナーをやっているんだ」

「それ、初めて聞きましたよ。凄《すご》いじゃないですか」

「そうだっけ？　つきあい長いのに」

「え？　ええ……。そうですね……。でも、部長の家のこととか、私はほとんど知りませんよ」

「そういえばそうだね。私だって、ソフィア君の実家のことなんてあまり知らない」

「…………。こ、今度！　遊びに来ませんか！」

「え？　——ああ、ごめんごめん、そういった意味じゃないよ。気を遣《つか》わせてしまったのなら謝《あやま》る」

「え——？　いえ……、あの……」

「ん？」

「えっと……、あの、なんでもないです、はい……」

「さて、できた。これで〝御者《ぎょしゃ》〟は全て完成、っと！」

「お疲《つか》れ様でした」

「ありがとう。——ちょうどいいから、寮食《りょうしょく》でお茶でもしようか？」

「は、はい！　そうしましょう！」

「じゃあ、みんな呼《よ》んでくるね」

「え？　——はい……。はい……」

＊　＊　＊

角を曲がり、数秒の絶句《ぜっく》の後、セロンとラリーが言葉を交《か》わす。

「なんだ……、これは……？」

「お前が分からないものが、オレに分かるわけがない」

角を曲がったきり立ち止まった二人に、

「どうした？　何を見た？」

ナタリア以下四名が追いついた。狭《せま》い通路に押《お》し重《かさ》なり、セロンとラリーを押しのけるようにして、右に曲がった先を見た。

そして、四人同時に絶句した。

部屋《へや》があった。

曲がった先は、予想通りの通路ではなかった。

通路は二メートルほど進んでそこで唐突《とうとつ》に終わる。そこからは、横に一気に空間が広がっていた。

セロンとラリーは懐中電灯《かいちゅうでんとう》を向けているが、実際その必要はない。壁際《かべぎわ》に裸《はだか》電球が並《なら》び、決して明るくはないが、最低限《さいていげん》必要な照明とはなっていた。

空間の横幅《よこはば》は正確には分からないが、先ほどの地下の十メートル四方よりは広い。奥行《おくゆ》きは遥《はる》かにあり、向こう側の石壁《いしかべ》がやけに低く見えた。

室内には、薄《うす》いオレンジ色の光に照らされて、家具が置かれていた。

部屋《へや》の中央にロッキングチェアや、壁際《かべぎわ》にタンスが。部屋の奥には、パイプ製のベッドが見えた。毛布《もうふ》が丁寧《ていねい》にたたまれて置いてあった。

「ど……、どうなってるんだい、これは？」

ナタリアの声に、ラリーが反応《はんのう》する。

「分かったら教えてくれ、ナータ」

ニックが、

「スクープですよ！　ジェニー」

「そりゃどうも。しかし、何よこれ？」

「部屋……、ですね……。部屋です。ロクシェ語では〝部屋〟と言うと思います」

メグが言って、誰《だれ》もそれ以上の説明ができずに黙《だま》り込《こ》んだ。

セロンは、ゆっくりと歩き出した。ラリーが続く。

「失礼します！」

部屋の入り口でセロンが大声を上げ、そして左右を慎重《しんちょう》に見ながら部屋に入る。部屋には、誰もいなかった。

　ラリーが続き、室内をじっくりと見渡《みわた》す。

　石の壁に囲まれた、幅十五メートルほど、奥行きにして二十メートルはある巨大な空間だった。所々に、上の階を支《ささ》えるためなのか、太さが五十センチはある石組みの柱が立っていた。

　家具は先ほど見えた物の他に、小型の扇風機《せんぷうき》、本が詰《つ》まった本棚《ほんだな》が二つ、大きなドア付き洋服ダンス、教室で使っているのと同一の机とイスなどがある。机とイスの下には、凝《こ》った模様《もよう》付きのマットが敷《し》かれていた。

　壁際のくぼみに置かれた裸《はだか》電球は、今は半数が点灯《てんとう》していた。

　壁には、そのための電線が走っている。よく見ると電線はいくつかの箇所《かしょ》で分配されて、壁際のコンセントで終わっているものがあった。

　石壁には、殺風景《さっぷうけい》さを和《なご》ますためか、緑の風景を描いた絵画が三つ飾《かざ》ってあった。

　部屋の右脇《みぎわき》には、別のドアが二つあった。それぞれ木製で、ノブがついた普通《ふつう》のドアだった。近い方から赤色と青色で、等間隔《とうかんかく》に並んでいる。今は両方とも閉まっていた。

「大丈夫《だいじょうぶ》だ。誰もいない」

　ラリーが言って、四人が部屋へと足を踏《ふ》み入《い》れる。

　そして、

「呆《あき》れた……。本当に部屋があるよ。立派《りっぱ》な部屋だよ。あたしの部屋より片付いているよ」

「ど、どういうことなのですか？　ロクシエでは学校の下に部屋が隠《かく》してあるのが、とても普《ふ》通《つう》なのですか？　そ、そうなんですか？」

「落ち着いて、メグミカさん。少なくとも僕の知っているロクシェには、そんな〝当たり前〟はありませんよ。今日は驚《おどろ》くことばかりですね」

「スクープはいいけど……、誰《だれ》か説明を！　ちゃんとした説明もなしに記事が書けるか！」

その光景に驚き呆《あき》れた声を出した。広い空間に、それぞれの声が響《ひび》いた。

最後のジェニーの声に反応《はんのう》して、

「写真だけにして、記事の方は造り上げたらどうですか？　色々な空想が膨《ふく》らみませんか？」

ニックが整った顔を彼女に向けてそう言ったが、返事は、

「ふん！」

だけだった。

「みんな。ひとまず入り口付近にいてくれ」

そう言ってセロンは、部屋《へや》を入り口に近い位置《いち》で少し歩き回り、近くにある家具を見て回った。ラリーが脇《わき》に従《したが》った。

家具は全て、今も使われていそうな物ばかりだった。

セロンは本棚《ほんだな》に近づいて、並《なら》んでいる背表紙《せびょうし》を見た。そしてそのうちの、一番新しそうに見える一冊を手に取った。

セロンは、『ボビーと檸檬《れもん》』と銘打《めいう》たれたその本を、

「ラリー。照らしてくれ」

「おう」

ラリーの懐中電灯《かいちゅうでんとう》の光の下で、ページを逆《ぎゃく》からめくって奥付《おくづけ》を見た。

「やっぱりだ……。先月発売された、この作者の最新刊だ。新聞で広告《こうこく》を見てタイトルを覚えていたんだ」

「なんだそりゃ？」

セロンは本を本棚に丁寧《ていねい》に戻《もど》すと、ラリーを引き連れて、入り口近くで待っていた四人の元へと戻った。

そして、突然《とつぜん》大声を出す。

「これはいい！　学校の地下にこんな面白《おもしろ》いところがあるなんて、思いもしなかった！」

セロンにしては珍《めずら》しい大声が、石の壁《かべ》や床《ゆか》に反響《はんきょう》する。

「どうした？」

ラリーが心配そうに訊《たず》ね、セロンはその質問を無視《むし》する。両手を広げ、大きく息《いき》を吸い、そして、

「今度から！　ここをみんなの遊び場にしよう！　俺達だけが知っている、誰も入れない秘密《ひみつ》の部屋だ！　大発見だ！　どうせ誰もいないんだ！　自由に使ってしまおう！」

唖然《あぜん》としていた五人の中で、

「ああ……、なるほど」

ニックが意図《いと》に気づいた。一歩前へ出ると、

「それはいいですね！　これだけの広さがあるのなら、六人で遊んでも、いえいっそ住んだとしても十分な場所があります！　おお、なんと素晴《すば》らしいことでしょう！　僕達は、家出の自由を手に入れました！」

「お前までどうした？　お前は元々変だが……」

ラリーの質問は無視《むし》して、ニックが叫《さけ》ぶのを続ける。

「どうでしょうか、我が友セロン・マクスウエル！　今目に見える中で、僕達に必要ない家具は適当《てきとう》に処分《しょぶん》して、僕達の荷物を運び込むというのは！」

「賛成だ！　冴《さ》えているな！　是非《ぜひ》ともそうしよう！　善は急げだ！　これから、みんなで協力して運び出すか？」

「いいですね！　今日中には、全てが終わるでしょう！」

ここで、ジェニーとナタリアが気づいた。

「ふーん。そういう作戦か」

ジェニーが、

「いいじゃない。――さすがは演劇部だね」

そしてナタリアが言って、分かっていないラリーが訂正《ていせい》を入れる。

「セロンは違《ちが》うぞ。厳密《げんみつ》に言えばニックも違うが」

「いいからいいから。黙《だま》って聞いていな、ラリー」

ナタリアの声に首を傾《かし》げたラリーと、突然《とつぜん》の二人の大声にやや首をすくめているメグを置き去りに、二人の演技が続く。

「どうでしょうか！　セロン！　まずは、あのどこかで見たことがある机などはいらないのではないでしょうか？」

「そうだな！　あんなのは学校にいくらでもある！　壊《こわ》して運び出そう！　もっと立派《りっぱ》なのを入れよう！」

セロンの声が通って、次に何かを言うためにニックがすうっと息《いき》を吸い込んで――

「や、やめてくれ！　頼《たの》むから！」

次に聞こえたのは、二人の声ではなかった。

六人の、誰《だれ》の声でもなかった。

男の声だった。

第十一章

「声」

第十一章「声」

「や、やめてくれ！　頼《たの》むから！」

「うわあっ！」

男の声に一番驚《おどろ》いたのはラリーだった。大声を出して、声へと、飛び上がるように振《ふ》り返《かえ》った。

メグはびくりと震《ふる》え、ナタリアはそのメグをかばうように前に立った。セロンとニックは、声のした方へと懐中電灯《かいちゅうでんとう》を点灯して向けた。ジェニーが、少し遅《おく》れてそれに続く。

「ああ……、まぶしい」

隣《となり》の部屋《へや》から、赤色に塗《ぬ》られた木製のドアを開けて飛び込んできたのは、一人の男だった。

細い体つきで、濃《こ》い緑色の、ジャージに似《に》た服装《ふくそう》をしていた。足下はゴム製の運動靴《ぐつ》。

首都の裏通《うらどお》りでよく見かけるホームレスのような格好《かっこう》だが、服の汚れや、漂《ただよ》ってくる臭気《しゅうき》はない。

手で目を覆《おお》っているので表情はよく分からない。口元は黒いひげに覆われ、頭は少しはげかかって、側頭部《そくとうぶ》や後頭部《こうとうぶ》からは長い黒髪《くろかみ》が、半分白髪《しらが》交《ま》じりで肩《かた》まで伸びていた。年齢は、五

十から六十代に思えた。

「まぶしい……。まぶしいよ……」

男が繰《く》り返《かえ》した。その声はどこか中性的で、とてもおとなしい印象《いんしょう》を与える。

「みんな、明かりは必要ないだろう」

セロンが言いながら自分の懐中電灯《かいちゅうでんとう》を消すと、ニックとジェニーがそれに倣《なら》った。

「ああ、ありがとう……」

男は礼を言いながら手を下ろす。

部屋の薄《うす》い光の中で見えた男の顔には、額《ひたい》や目尻《めじり》にとても深い皺《しわ》が幾重《いくえ》にも刻《きざ》まれていて、見た目の年齢を一気に押《お》し上《あ》げた。八十過ぎの老人にも見えた。

「任《まか》せた」

飛び上がって驚《おどろ》いたラリーが、そう言いながらセロンの脇《わき》まで下がった。

「ああ、しばらくはセロンが代表して話をしておくれ。いいだろ？」

ナタリアが言って──

誰《だれ》からも反論はなかった。

セロンは一歩進み出ると、男と五メートルほどの距離《きょり》を置いて、

「こんにちは。俺は、セロン・マクスウエルといいます。この上級学校の三年生です」

まずは挨拶《あいさつ》と自己紹介《じこしょうかい》。男が、少しだけ眉《まゆ》を動かした。

「出てきていただいて、感謝《かんしゃ》します。最初に謝《あやま》っておきたいのですが、俺と友人が今大声で話してことは、全て本気ではありません。ああ言えば出てきてくれるのではないかと、鎌《かま》をかけたのです。失礼はお詫《わ》びします」

ようやく理解したラリーとメグが、感心して何度も頷《うなず》いた。

セロンの言葉から、数秒の間《ま》があいた。

男はもう喋《しゃべ》らないのではと六人が思った時、

「君達の声は、ずっと聞こえていた……。外にいた時から、ずっとだった。だから、隠《かく》れていた。まさか、ここまで入ってこられるとは思わなかった。頑張《がんば》ったね。すごいね」

いきなり誉《ほ》められて、六人が困惑顔《こんわくがお》になった。セロンが会話を続ける。

「ドアの向こうには、別の部屋《へや》もあるんですね？」

「そうだよ。古い地下は、たくさんある」

「あなたは、ここで生活しているのですね？」

「そうだよ」

「他には、どなたかが？」

「いないよ。私一人だよ」

男は、セロンの問いかけに素直に淡々《たんたん》と答えた。

「いつからですか？」

「二年、くらいだろうか。おそらくは」

男は戸惑《とまど》いながらもそう答えた。セロンの後ろから、五人が驚《おどろ》き呆《あき》れる声が聞こえる。

セロンは、それまでの淡々《たんたん》とした口調《くちょう》を崩《くず》さず、男に訊《たず》ねる。

「それは、ずいぶんと長い時間のように思えます。大変なことはなかったのですか？」

「なかった」

男は、小さく首を横に振《ふ》った。

「地下とはいえ、冬はひどく寒かったでしょう。どうやって過ごしていたのですか？」

「お湯のパイプが通っているから。悪いと思ったけど、少しだけいただいている」

「なるほど……。寮《りょう》のお風呂《ふろ》などのように、ボイラー棟《とう》からの温水供給ですね。それなら暖《あたた》かいはずですし、体も洗えますね。隣《となり》の部屋《へや》には、トイレやお風呂もあるのでしょうか？」

男が、小さく首を縦《たて》に振った。

「毎日の食べ物はどうしていたのですか？」

「それは……、答えられないんだ」

「そうですか……。では、ここからが本題なのですが、もうすぐ、倉庫地下の格子窓《こうしまど》が全て工事で塞《ふさ》がれてしまいます」

「知っている。昨日、作業に若い男達が来ていた。声高《こわだか》に、そんなことを喋《しゃべ》っていた。まるで私に教えたい、みたいだった」

「…………。もう、ここから出るべきだとは思いませんか？　俺達は、あなたにそれが言いたくて、ここまで来ました」

「出て、どこへ？」

「…………」

「私には、もうどこにも行くところがないんだ。このまま、このままここで、静かに暮《く》らさせてくれないか。——私は、君達にそれが言いたくて、こうして出てきたんだ」

「…………。どんな事情があるかは、俺には分かりませんが……。学校の地下に住むのはもうやめて、税金《ぜいきん》によって運営されている、しかるべき施設《しせつ》で保護してもらうわけにはいきませんか？　受け入れてくれるはずですよ」

「できないんだ」

「なぜですか？」

「言えない」

「そうですか……」

セロンはそこで一度会話を止めると、

「探索《たんさく》で、お腹《なか》がすいたな」

突然《とつぜん》そんなことを言って、ラリーへと振《ふ》り向《む》いた。

「サンドイッチがあったよな？」

「お？　──おお！　今出すぞ」

ラリーは背嚢《はいのう》を下ろして、籐《とう》のランチボックスを取り出す。

セロンは受け取ると、軍手を外してふたを開けて、

「すみません。俺だけ昼食がまだでして──」

そんなことを言いながら、石の床《ゆか》にぺたんと座《すわ》り込《こ》んだ。

セロンは床に置いたランチボックスからサンドイッチを摑《つか》み出《だ》し、そして美味《うま》しそうにかじりついた。

「…………」

そんなセロンを、皺《しわ》だらけの目で見つめていた男に向けて、

「もし良かったら、お一ついかがですか？　寮《りょう》の食堂の食事は、どれも絶品《ぜっぴん》です」

セロンが、もう一つサンドイッチが入ったランチボックスを押《お》し出《だ》す。

「…………」

ラリーの後ろで、

「さっきのといい、やっぱり演劇部ですよ、彼は」

ニックはナタリア達にそんなことをつぶやいた。

「…………」

無言《むごん》のまま、しばらくセロンの手の中のサンドイッチを見ていた男だが、

「二つは食べきれませんから」

セロンが笑顔《えがお》でそう言うと、

「すまない……。御馳走《ごちそう》になる」

男は、セロンの前に同じようにして座ると、皺だらけの手を伸ばしてサンドイッチを取った。

それを、両手でゆっくりと口元に運び、しばらく眺《なが》めた後、食べ始めた。

口にした男の瞳《ひとみ》が、

「…………」

静かに潤《うる》んだ。

そして、

「…………」

それを見ていたメグの瞳も。

しばらくの間、地下の広い部屋《へや》では、二人がサンドイッチを食べる音だけが聞こえた。

そこに、

「なんだか……、あたしもお腹《なか》がすいたね」

「ナータ……。実はお前は何人もいるんだよな？　俺と一緒《いっしょ》に昼食を取ったナータとは、別人なんだよな？」

ナタリアとラリーの会話、そしてそれを聞いて吹き出したメグの笑い声が流れた。

サンドイッチを食べ終えた二人のうちの、年上の一人が口を開いた。まっすぐセロンを見つめながら、

「君達は、なぜ、ここまでしてくれる？」

「いろいろあるのですが——、一番大きな理由は、あなたのことを本気で心配した女の子が一人いたからです」

セロンが、後ろを振《ふ》り返《かえ》りながら言った。

お下げの少女が自分をじっと見つめているのを見た男は、

「…………」

瞳《ひとみ》を曇らせながら、小さく頭を振った。

「駄目《だめ》なんだよ。私はもう、ここから出るわけにはいかないんだ……」

「ど、どうしてなのですか？　私は、こんなところで、人に死んでしまって全然欲しくはないのです！」

メグが強い調子《ちょうし》で言って、

「あ……」

男が、大きく目を見開いて固《かた》まった。

「…………」

無言《むごん》でメグをじっと眺《なが》める男に、セロンもメグも、そして他の四人も、男の意図《いと》をつかめずにいると、

「お嬢《じょう》さん……、スー・ベー・イルの人なのか？」

男は突然《とつぜん》そんなことを言った。

言ったが、

「え？」「ん？」「はい？」「…………」

ナタリアも、ニックも、ラリーも、そしてセロンも、男が何を言ったのか、まったく分からなかった。

「はい！　そうです！　二年前からロクシェ首都に住んでいますが、生まれも育ちもスー・ベー・イルです！　生まれはシェレスタラスで、三歳からはパーゼルトゥーレで育ちました！」

メグが声を弾《はず》ませて言った言葉も、やはり四人にはまったく理解できなかった。男とメグの会話は、スー・ベー・イルの公用語であるベゼル語によって行われていた。

ポカンとしていたラリー達に、

「二人とも、河向こうの言葉を喋《しゃべ》ってるのよ」

そうロクシェ語で教えてくれたのはジェニーだった。

「えっ？」

ラリーがかなり驚《おどろ》きながら、小柄《こがら》な少女へと視線《しせん》を向けた。

「お前——、ベゼル語が分かるのか?」

聞かれたジェニーは、相当ムッとしながら言い返す。

「授業があったでしょ? 先学期それ取っただけ」

「〝だけ〟って……。簡単《かんたん》に言うなよ。ベゼル語ってのは、半年でできるようになるのか?」

ラリーが、心底驚《しんそこおどろ》きながら訊《たず》ねた。

ジェニーではなく、ニックが淡々《たんたん》と答える。

「ジェニーさんはとても聡明《そうめい》ですから。入学以来、成績は同学年トップ十から落ちたことはありませんよ。最低でも八位でした」

「なんで知ってるんだ? 男女」

「有名ですよ。——新聞には書いてありませんでしたけど」

ニックはそう冗談《じょうだん》を言って、美しい顔をほころばせて小さくウインク。

ジェニーは、

「ふんっ」

面白《おもしろ》くなさそうにそっぽを向いた。

ラリーが蒼《あお》い目を丸くしながら、

「これは驚いたぜ……。とても驚いた。〝能《のう》ある鷹《たか》は爪《つめ》を隠《かく》す〟って古い諺《ことわざ》があるけど、あまりに見事《みごと》な、見事すぎる、見事の見本のような隠しぶりだ。オレは激《はげ》しく感動したぜ!」

「金髪《きんぱつ》……、後で一発殴《なぐ》らせろ」

「誉《ほ》めているんだけどな。お前にも見所があったってことで」

「二発だ」

ジェニーとラリーの会話に、ナタリアが割り込む。

「漫才《まんざい》も喧嘩《けんか》も後にしな。とめないから」

「喧嘩はとめろよ、ナータ」

「知るか。──で、二人はなんて言ったんだい？　ジェニー」

「そこのお爺《じい》さんが、そこのお下げの出自《しゅつじ》を聞いて答えただけよ」

ジェニーの発言の後──、メグは男に向かって、皆《みな》に分かるようにロクシェ語で、そして真《しん》剣《けん》な口調《くちょう》で言う。

「お爺さん、あなたはまさか、スー・ベー・イルからやってきたのですか？　そうですね？　そうなのですね？　お爺さんの言葉には、イルトア王国の空気がします。それで、ロクシェではいる場所がなくて、致《いた》し方《かた》どうしようもなくて、こんなところに住んでいるのですか？　だとしたら、それは、とても不幸でなりません！」

「…………」

男は、無言《むごん》で目を伏《ふ》せた。

しばらくの間、男は黙《だま》ってうつむいていたが、やがて小さな声で、

「もう、戻《もど》れないんだよ……。スー・ベー・イルにも、ロクシェにも……。私は、ここにいるのが一番いいんだ……」

「こんなところで誰《だれ》にも知られずに人生を終えるのが一番いいわけなどありませんっ！」

メグの声が地下に壮絶《そうぜつ》な勢《いきお》いで響《ひび》いて、そこにいた全員の耳朶《じだ》を打った。

数秒の静寂《せいじゃく》の後、

「さすがはコーラス部……」

ナタリアがぽつりと漏《も》らした。

「私は、父に話をして、協力してもらうことができると思います！　父は、母国大使館に友達がいると言っていました！　きっと助けになれます！」

メグの言葉を待ってから、セロンは先ほどまでと同じ落ち着いた口調《くちょう》で、

「どうでしょうか？　俺達はあなたの助けになれるかもしれません。――理由を教えていただければ」

「セロン君！」

メグが、セロンに駆《か》け寄《よ》った。座《すわ》っているセロンの後ろにしゃがみ、左手を伸ばす。そしてセロンの右肩《みぎかた》を摑《つか》んで、ぐっと力をかけて、

「………」

セロンは無言《むごん》で振《ふ》り返《かえ》った。

そして、息《いき》がかかりそうなほど近くにある、メグの双眸《そうぼう》と目が合う。

セロンは、猛烈《もうれつ》に速くなった鼓動《こどう》を強引《ごういん》に押《お》さえ込《こ》み、

「何か？」

どうにか短い一言だけを返した。

「理由は後でいいのではないでしょうか？　この人は助けられなければなりません！　大使館に、大使館で保護してもらうのがいいと思います！」

潤《うる》んだメグの瞳《ひとみ》を見ながら、セロンは静かに答える。

「それは、今すぐには、できない」

「なぜですか？」

セロンはそれに答えず、左手をゆっくりと持ち上げた。自分の肩に置かれた、メグの白い手を優《やさ》しく摑むと、ゆっくりと肩から下ろさせた。

メグが、下ろされた手を左手で触《さわ》り、自分の体に、お腹《なか》の前につけた。一度目を伏《ふ》せて、そして顔を上げ、再《ふた》びセロンをまっすぐ見据《みす》える。

「なぜ、ですか？」

二度問われ、セロンはメグを優しげに見つめながら答える。

「なぜなら、この人がもし何か違法行為《いほうこうい》をしたうえで地下に潜《もぐ》っているとしたら、俺達は大使館ではなく、なんらかの法執行機関《ほうしっこうきかん》に、つまりは〝警察〟に連絡するべきだからだ。さっき俺

が言った〝しかるべき施設《しせつ》〟とは、行刑施設《ぎょうけいしせつ》──、刑務所《けいむしょ》なども含《ふく》んでいるんだ。それは、どこの人であっても変わりはない」

「そ、そんな……」

それっきり絶句《ぜっく》したメグの後ろで、

「はあ……。アイツはもうちょっと言い方ってものをさ……」

ラリーが頭を抱《かか》えていた。その脇《わき》で、

「堅物《かたぶつ》だね。──でもね、そうすべきなんだろうね。あたし達は、犯罪者《はんざいしゃ》を見逃《みのが》すことはできないよ」

ナタリアが漏《も》らした。

セロンは、ずっとうつむいたままの男に向かい、

「あなたが、このまま今までのように生活したいと思っているのは分かりました。でも……、もうそうはいきません」

冷酷《れいこく》とも取れる口調《くちょう》で言う。

「あなたがここにいるのが分かった以上、俺達は、放っておくわけにはいかないのです」

「……………。私は……、もうずっとここにいられればよかったんだ……」

男が言った。

「無理なのです」

即座《そくざ》に言い返したセロンに、男は泣き出しそうな顔を向けて訊《たず》ねる。

「では……、では……、私はどうしたらいい？　どうしたらいいんだ？」

「簡単《かんたん》だ！　目の前にいる人間を全員殺してしまえばいい！」

答えは、六人の後ろから聞こえた。

「殺してしまえ！　そいつらは敵《てき》だぞ！　さあ奴《やつ》らの口を封《ふう》じてしまえ！　そうすれば、お前は誰《だれ》にも迷惑《めいわく》をかけない平穏《へいおん》な生活に戻《もど》れるのだ！　戦え！」

男の声だった。

それは、六人が入ってきた通路の奥《おく》から響《ひび》いた。

口に何かあてがっているのか、人物の特定が難《むずか》しい、低くくぐもった異質《いしつ》な声だった。

「え？」

ニックが振《ふ》り向《む》いたが、通路の先に人の姿《すがた》は見えない。

ラリーも同じように振り向いて、通路へ向かおうとして、

「うあああああああああああっ！」

同じ階から発せられた男の叫《さけ》び声《ごえ》に驚《おどろ》いて振り返った。

「っ！」

ラリーが見たのは、髪を振り乱しながら、メグに向かって中腰《ちゅうごし》で突進《とっしん》を始めた男の姿だっ

た。

突然《とつぜん》の恐怖《きょうふ》に身がすくんで動けないメグへと、男の両手が摑《つか》みかかるように伸び――

「ひっ――」、

「たっ！」

「ぐがっ！」

横から気合いと共に立ち上がったセロンの体当たりを受けて、男は自分の勢《いきお》いで斜《なな》め前方へとはじけ飛んだ。石の床《ゆか》に肩《かた》から落ちて転《ころ》がった。

セロンも男の勢いに押《お》されて、

「わっ！」

「きゃっ！」

かばった相手へと倒《たお》れてしまう。

そのままメグを押し倒しそうになり、

「っ！」

セロンはメグを抱《だ》きしめると、そのまま体を回転させた。堅《かた》い床には、セロンの背中《せなか》が最初に着地して――

次にセロンの口元にメグの側頭部《そくとうぶ》が直撃《ちょくげき》、その勢いでセロンの後頭部《こうとうぶ》が床に当たった。鈍《にぶ》い音が二回した。

「っ！」「きゃっ！」

「メグミカ！」

ナタリアがメグの名前だけ呼《よ》びながら倒れた二人に駆《か》け寄《よ》り、脇《わき》の下を掴んでゆっくりと引き起こす。

「平気です私は……、私は——」

「そいつは良かった」

ナタリアが視線《しせん》を下ろすと、仰向《あおむ》けになったセロンは、唇《くちびる》を切って血を流していた。

「いてて……」

手の甲《こう》で口を押さえたセロンを見て、

「大丈夫《だいじょうぶ》。セロンも死んじゃいないよ。後で礼を言っときな」

ナタリアがメグに言った。


「この野郎！」

ラリーは、転がった男へと飛びかかっていた。

うつぶせになっていた男の背中《せなか》に膝《ひざ》を乗せて、右手を掴んで押さえ込もうとした時、

「どうした！　まだみんな生きているぞ！　戦え！　戦え！　戦え！」

再《ふた》び通路からの声。

「てめえっ！」

ラリーが声の主へと注意がそれた瞬間《しゅんかん》に、彼の足下を、暴《あば》れ出《だ》した男の蹴《け》りが襲《おそ》った。

「わっ！」

ラリーは足をすくわれて腰《こし》から落ちて、その隙《すき》に男は、両手両足を使い、蜘蛛《くも》のように素早《すばや》く這《は》って下がっていく。

「なんだアイツ……」

ラリーが、体の痛《いた》みを確認《かくにん》しながらゆっくりと体を起こして、

「よし……」

それからゆっくりと、左足を前にして格闘《かくとう》の構《かま》えを作った。

男もまた、音もなくゆらりと立ち上がる。

すぐ後ろには出てきた赤いドアがあるが、男は逃《に》げなかった。上半身を緩《ゆる》く曲げた体勢《たいせい》で、ラリーを睨《にら》む。薄暗闇《うすくらやみ》で、皺《しわ》の奥《おく》の瞳《ひとみ》は見えない。

「どうした！　さっさと殺せ！　お前ならできるはずだ！」

通路の奥からけしかける声に向かって、

「ちょっと！　誰《だれ》だか知らないがいい加減《かげん》にしなっ！」

ナタリアが吠《ほ》えた。

「そうだぞこの外道《げどう》！」

ジェニーがそう叫《さけ》んだ後、隣《となり》にいたニックに、

「おいお前！　あの声の主を倒《たお》してこい！」

「ちょっと待ってくださいよ。僕は──、素手《すで》での荒事《あらごと》は苦手《にがて》でして」

「気にするな！　骨《ほね》は拾ってやる！」

「そんなこと言われましてもね……」

ニックが肩《かた》をすくめた時、

「いや、いい」

セロンが、口元をぬぐいながら立ち上がった。

「行かないでいい、ニック。みんな。部屋《へや》の隅《すみ》に下がっていてくれ。それより、あの男を取《と》り押《お》さえる方が先だ……。ラリー」

「おうっ！」

男と対峙《たいじ》を続けるラリーが、振《ふ》り向《む》かないまま答えた。

「どうだ？」

「どうもこうも……、ただ者じゃないぞアイツ。強いぞ」

「そうか……。でも、このままにするわけにもいかないな」

「だな」

「俺は、お前ほど強くはないが……、邪魔《じゃま》にならない程度《ていど》に一生懸命《けんめい》手伝おう」

「おうっ！　心強いぜ！」

次にセロンは、後ろにいた、ナタリアに肩《かた》を支《ささ》えられているメグに顔を向け、

「助けて欲しい」

そう小声で言った。

「え？」

「俺とラリーがあの男を取《と》り押《お》さえるつもりだが……、もし手こずるようなら、何かベゼル語で、大声で、あの男の気をそらすようなことを言って欲しい」

「で、でも——、何を言えば？」

「なんでもいいが……、何か、スー・ベー・イルへの郷愁《きょうしゅう》を誘《さそ》うようなのがいい。どうもその辺が弱点と見た」

「〝きょうしゅう〟——ってなんですか？」

「えっと……、〝ふるさとを懐《なつ》かしく思う気持ち〟だ」

「ああ……。それでしたら——」

「頼《たの》んだ。ナタリア、メグミカさんを頼む。ジェニーはそこにいてくれ。ニックは……」

セロンが言いよどんで、

「ええ、僕は素手《すで》では無理ですよ」

「そうだったな。——俺達がなんとかするから、その場で女子を頼む」

「それくらいならなんとか」

セロンは、男へと振《ふ》り返《かえ》った。

男は、地下室の壁《かべ》を背《せ》にして、前屈《まえかが》みのまま睨《にら》んでいた。細い腕《うで》を緩《ゆる》やかに丸めたその姿《すがた》は、凶暴《きょうぼう》な野猿《やえん》を思わせた。

セロンは数歩足を進めて、ラリーの左脇《ひだりわき》に立った。

「借りるぞ」

そして、ラリーのジャージのポケットに入っていた懐中電灯《かいちゅうでんとう》を取り出した。

「殺せ！　殺してしまえ！　命令だ！　命令だ！　命令だ！」

謎《なぞ》の声が再《ふた》び地下室に届《とど》いて、ラリーがつぶやく。

「次はアイツだな。誰《だれ》だか知らないが」

「ああ。──だいたい予想《よそう》はつくけどな」

「お？　それは楽しみだ。さて──、今日の汗《あせ》をかく時間か？」

ラリーが獰猛《どうもう》に口元を緩《ゆる》めた瞬間《しゅんかん》──

「はあっ！」

男が、二人へ向けて突進《とっしん》を始めた。

セロンが左へ、ラリーが右へとよける。

男が向かったのはラリーの方だった。飛び込んだ勢《いきお》いをのせて、長い右手を高速で振って殴《なぐ》りかかる。

「早えっ！」

ラリーは、左腕《ひだりうで》を防御《ぼうぎょ》に回し、受け流しながら後ろへと下がった。三メートルほど後ろは石の壁《かべ》になっている。

最初の打撃《だげき》をよけたラリーは、自分の右側《みぎがわ》へと逃《に》げた。

男はラリーの脇《わき》を通《とお》り抜《ぬ》け、そのまま走り、壁へ向けて跳躍《ちょうやく》を見せた。壁に両足で着地すると、瞬時《しゅんじ》にそこから再《ふたた》び飛んだ。右斜《みぎなな》め前にいたラリーめがけて。

「しゃがめっ！」

セロンの叫《さけ》び声《ごえ》に、振《ふ》り向《む》こうとしていたラリーは即座《そくざ》に反応《はんのう》した。

素早《すばや》くしゃがみ込んだラリーの頭上《ずじょう》を、立っていたら横顔があったまさにその位置《いち》を、男の腕が風音と共に通過《つうか》していった。

「うひゃっ！」

しゃがんだラリーはそのまま後方へ回転し、すぐに立ち上がる。男もまた、即座にラリーめがけて突進《とっしん》する構《かま》えを見せて、

「こっちだ！」

セロンが脇から叫び、同時に男の顔めがけて攻撃《こうげき》を仕《し》掛けた。

三メートルは離《はな》れた位置からの攻撃だった。

男がセロンへと顔を向けた時に、その顔面《がんめん》へと――、二つの懐中電灯《かいちゅうでんとう》を照射《しょうしゃ》した。両手を伸ばし、光を顔に集中させた。

「ぎゃっ！」

男が悲鳴《ひめい》を上げて、両手で顔を覆《おお》う。

「ナイスだ！　セロン」

その男の腰へと、ラリーが猛《もう》タックルをかけた。

そのまま押《お》し倒《たお》して押さえ込もうとしたが、男は靴底《くつぞこ》を滑《すべ》らせながらも踏《ふ》みとどまると、ラリーの背中《せなか》めがけて、握《にぎ》った両拳《りょうこぶし》を振り上げた。

セロンが光を顔に当て続けたが、その両目は閉じられていた。

何も見えないまま、男はラリーへと拳を振り下ろす。

「がっ！　――くそったれ！」

背骨《せぼね》に直撃を受けたラリーが、背中を仰《の》け反《ぞ》らせた。しかし、男への組み付きはほどかない。

容赦《ようしゃ》のない二発目が振り下ろされて、

「くそっ……」

ラリーが膝《ひざ》を床《ゆか》についた時、

「このっ！」

男の背中へと、懐中電灯を放り出したセロンが飛びかかった。三発目を振り下ろそうとしていた男の腕《うで》を後ろから掴《つか》むと、必死にもがき始めた男にしがみつきながら叫《さけ》ぶ。

「頼《たの》む！　──メグ！」

「があっ！」

男が叫びながら両腕を振《ふ》り回《まわ》し、その肘《ひじ》が、

「っ！　てっ！」

背中《せなか》にしがみついたセロンの顔を何度も叩《たた》いていく。先ほど切れた唇《くちびる》から血が飛んで、床《ゆか》に赤い点を散らした。

「この馬鹿力……。痛《いた》っ！　クソ！」

抱《だ》きついたラリーも、時折男に向こうずねを蹴《け》られ、苦痛《くつう》に顔をゆがめる。

「これはまずい……」

見ていただけのニックが、ぽつりと漏《も》らした時だった。

地下室に、歌が響《ひび》き渡《わた》った。

セロンも、ラリーも、ニックも、ナタリアも──

その歌の意味は分からなかった。

地下室の石に幾重《いくえ》に反響《はんきょう》しながらも、高く澄《す》んだ歌声が、緩《ゆる》やかな旋律《せんりつ》を従《したが》えて、次々に生

まれては消えていく。

その歌が、自分が生まれた山里を懐《なつ》かしむ歌詞だと理解できるジェニーが、

「いい声してるじゃん。とっても素敵《すてき》だけど、これはカメラじゃ撮《と》れないわね——」

小さくつぶやいた。


シュトラウスキー・メグミカが歌っていた。

地下室で、目を閉じ、体の前で両腕を緩やかに波立たせ、緩やかに音を紡《つむ》いでいた。

そのソプラノは地下室中を満たし、そこにいた全員の動きを止めた。

ラリーも、セロンも——

そして二人の間にいる男も。

「ああ……」

男は、セロンをふりほどくために両腕を上げた体勢《たいせい》のまま固《かた》まり、歌に合わせて小さく首を振りながら、瞼《まぶた》を閉じていた。

「…………」

ラリーが、ゆっくりと男から離《はな》れる。そして顔を上げると、

「嬉《うれ》しそうだな……」

男は子供のような笑顔《えがお》で、閉じた瞼から涙《なみだ》を流していた。

セロンも男の背中《せなか》から離《はな》れ、一度口元の血を手で拭《ふ》いて、それからゆっくりとジャージの上着を脱《ぬ》ぎ始《はじ》めた。

「………………」

そして男越しに、ラリーへと目配せ。脱いだ上着で、結《ゆ》わき目《め》を作る仕草《しぐさ》をした。ラリーは頷《うなず》いて、同じように上着を脱ぐ。

歌は静かに続いた。

旋律《せんりつ》をいくつも重ね、そして最後に〝い〟の音を高く長く響《ひび》かせながら伸ばして――

メグの歌は終わった。

「今だ！」

「おうっ！」

惚《ほう》けたように立ちつくしていた男に、セロンとラリーが一斉《いっせい》に飛びかかる。

セロンは男の背中から羽交《はが》い締《じ》めにし、同時にラリーは男の足下へ。

「あ？」

顔中を涙で濡《ぬ》らした男の反応《はんのう》は、明らかに鈍《にぶ》かった。ラリーは素早《すばや》く男の足にジャージの上着を回すと、堅《かた》く締《し》め上《あ》げた。

そして足を持ち上げる。

「わあっ……」

男は簡単《かんたん》に倒《たお》され、同時に羽交い締めをといたセロンは、男が頭から落ちないように自分の両腿《りょうもも》で支《ささ》えながら、男の両手を掴《つか》む。

セロンは、

「頼《たの》む！」

ラリーに自分の上着を投げると、ラリーは素早く駆《か》け寄《よ》り空中で受け取ると、それで男の両手首を同じようにきつく縛《しば》り上《あ》げた。

「よしっ！　いいぞセロン」

完全に拘束《こうそく》したのを確認してから、セロンは男を床《ゆか》に横たえた。

「うっ、うわあああああっ……」

目から涙《なみだ》を散らしながら、男が呆然《ぼうぜん》と声を上げる。

「帰りたい……。スー・ベー・イルに帰りたいよお……」

泣き声で、そしてベゼル語でつぶやいた。

「悪く思うなよ。おっちゃん強すぎるからな」

意味の分からなかったラリーが、

「すみません。なるべく怪我《けが》はさせたくなかったので」

そして同じく意味が分からなかった、怪我をしているセロンが言った。セロンがメグを見る

と、

「…………」

歌い終えたメグが、どこか悲しげな瞳《ひとみ》で、自分たちを見ていた。

「……ありがとう。助かった」

セロンは言ったが、

「…………」

うつむいたメグからの返事はなかった。

セロンは一度小さく顔を伏《ふ》せて――

そしてすぐに、

「ラリー。通路の男を見てこい！」

「任《まか》せろ！」

ラリーははじかれたように飛び出し、落ちていたつけっぱなしの懐中電灯《かいちゅうでんとう》を拾った。身を引いたナタリアの前を通《とお》り抜《ぬ》け、通路に飛び込んでいく。

「待て！　この野郎！」

「わたしも行くぞ！」

ジェニーが通路に駆《か》け込《こ》み、懐中電灯をつけてラリーを追った。

通路を左に曲がり、十メートル進んで右に曲がる。ラリーは見えない。

ジェニーは五メールを進んでからしゃがみ、隠《かく》し扉《とびら》をくぐる。その際《さい》、押《お》しつぶされて中身が飛び出ていたコンビーフの缶《かん》を見た。

最初の地下室へとジェニーが飛び出ると、

「待てっ！」

ラリーは叫《さけ》びながら、勢《いきお》いよくはしごを登っていた。

ジェニーは、同じようにはしごを駆け登った。明るい一階に上がって見たのは、部屋《へや》のドアを押そうと力をかけているラリーだった。

「くそっ！　どきやがれ！」

ラリーが、ノブを回したまま何度か肩《かた》をぶつけていくが、ドアは揺《ゆ》れるだけで開かない。

謎《なぞ》の声の主が廊下《ろうか》でドアを押さえているのに気づいたジェニーは、

「よけろよ金髪《きんぱつ》！」

小柄《こがら》な体で部屋を駆《か》け抜《ぬ》けると、両足で飛び上がり、

「わっ！」

慌《あわ》てて飛《と》び退《の》いたラリーをかすめながら、両足の蹴《け》りをドアへと炸裂《さくれつ》させた。

ドアははじかれ、その向こうで人が逃《に》げ出《だ》す足音が聞こえた。ジェニーは肩にかけていた鞄《かばん》をお腹《なか》に抱《かか》えつつ、お尻《しり》から床《ゆか》に落ちた。

そしてラリーへ叫《さけ》ぶ。

「行けぇ！」

「了解《りょうかい》！　ありがとよ！」

セロンは、手足を縛《しば》られ横たわった男の背中側《せなかがわ》にしゃがみ、その顔を覗《のぞ》き込《こ》む。

「ひっ……、ひっ……、ひっ……」

「………」

そして男がしゃくり上げているのを見て、ゆっくりと目をそらした。

その男へと、細い白い手が伸びた。

「え？」

セロンが顔を上げると、男のすぐ前でメグが床《ゆか》に膝《ひざ》をついていた。

メグは男の肩《かた》へと両手を伸ばし、そっと触《ふ》れると、

「もう大丈夫《だいじょうぶ》ですよ——。もう大丈夫ですから。もう、誰《だれ》も殺さなくてもいいんですよ。今はゆっくり休んでください。私がきっと助けます。ここにいる誰もがあなたの敵《てき》に回っても、私はあなたを助けますからね。だから、落ち着いて……、ね？」

優《やさ》しげな口調《くちょう》で、男へと声をかけた。

「………」

その異国《いこく》の言葉の意味は、セロンには分からなかった。

意味が分からないまま――

慈母《じぼ》のような表情を浮《う》かべた、スー・ベー・イルの少女を見ていた。


頼《たの》んだよ。


セロンは、そう血の付いた唇《くちびる》を動かした。

ゆっくりと立ち上がると、ナタリアとニックに顔を向ける。

「こっちは大丈夫だ。あとはラリーに任《まか》せる」

「あいよ。でもアイツで大丈夫かい？」

「大丈夫だ」

「その相手が、ラリーより強かったら？」

「その時はその時だ。俺は〝見てこい〟って言ったんだ。見て確認《かくにん》したら、逃《に》がしてしまっても構《かま》わないさ。――どっちにしろ、誰かはおおよそ見当がついている」

「え？」「え？」

ナタリアとニックが同時に驚《おどろ》き、

「…………」

男をあやしていたメグもまた、顔を上げた。

言葉をロクシェ語に戻《もど》して、メグが問う。

「誰《だれ》ですか？　こんなことをしたのは？　――この人をこんなところに閉じこめて、人を傷《きず》つけるような非《ひ》道《どう》な命令をしたのは！」

「…………」

セロンは、ゆっくりと振《ふ》り向《む》いた。

今まで見たこともない、そして想像《そうぞう》すらつかなかった、

「誰なんですかっ！」

まるで吠《ほ》える犬のようなメグの顔を見ながら、セロンは答える。

「マードック先生だ」

第十二章

「手紙」

第十二章　「手紙」

「ああっ！　マードック先生？」

声の主を追いかけて廊下《ろうか》へと出たラリーは、建物《たてもの》中央付近の廊下で転倒《てんとう》していた肥満体《ひまんたい》の男を見て声を上げた。

それは、茶色のスラックスに青いポロシャツ姿《すがた》の――、かつて国語の授業で何度も何度も、そして今日の午前中に職員室で見た男だった。

「っ！」

マードック先生が、慌《あわ》てて起きあがりながら振《ふ》り向《む》いた。

廊下の端《はし》から自分を見ていたラリーに向け、顔に脂汗《あぶらあせ》を浮《う》かべた必死の形相《ぎょうそう》で、

「く、来るなっ！」

「そうはいくか！　――話、きっちり聞かせてもらいますよ！」

ラリーは、廊下をゆっくりと歩き出した。

「お、お前……、教師に手を上げたら即刻退学《そっこくたいがく》だぞ！　それが分かっているのか？」

マードック先生の言葉に、

「いいえ——。そいつ、わたしと違《ちが》って馬鹿だから全然分かりません」

ラリーの後ろから廊下に出てきたジェニーが、あっさりと返した。

ラリーは足を止め、そして後ろをまったく見ずに、青い瞳《ひとみ》を細めて言い返す。

「ジェニー。どうやらオレ達には会話が必要なようだ」

「その前に悪者を捕《つか》まえるのに協力してやるから感謝しな、ラリー」

「おうよ。——お前が、オレの名前を覚えていてくれたとはな」

「適当《てきとう》に言ったら当たっただけ。そうかあんたラリーっていうのね」

「いい名前だろ？　忘《わす》れるなよ。——さあてと」

そしてラリーは、再《ふたた》びずいっ、と廊下を進み始めた。

「くっ……、うわっ……」

マードック先生が身を翻《ひるがえ》し、開いたままのドアから外へと逃《に》げ出《で》ていく。

「待てぇ！」

ラリーが廊下を駆《か》け、後ろからジェニーが続いた。

ラリーはドアを抜《ぬ》け階段《かいだん》の全てを飛《と》び降《お》りると、左右に首を振る。マードック先生の背中《せなか》が、建物右側の隅《すみ》に消えていく。

「こっちか！」

ラリーは猛然《もうぜん》と駆け出した。

「一体いつから、先生を怪《あや》しんでいたんだい？　セロン」

「そうですよ。確かにあの二人のうちのどちらかとは思っていましたけど、マードック先生だという確証《かくしょう》なんてなかったはずです」

ナタリアとニックに訊《たず》ねられて、

「いつからと言われたら、職員室で会ったその時からだ。メグミカさんが感じた違和感《いわかん》と同じだと思う。まだ言うべきではないと思って、ラリーに聞かれた時はごまかしたが」

セロンはそう前置きをしてから、

「普通《ふつう》は、少しは不機嫌《ふきげん》になると思うんだ」

そんな答えを返した。

立っている質問者の二人と、床《ゆか》に座《すわ》るメグが共に首を傾《かし》げた。セロンは続ける。

「誰《だれ》もいない職員室で幸せに昼寝《ひるね》をしている時に、ふざけたトリック写真を持ってきた生徒に〝さあ見てください。怪しい男が写っていますよ〟なんて真顔で言われたら」

「ああ……。確《たし》かにね」

ナタリアがつぶやいた。

ニックが口元に手を寄せ、

「なるほど。それは、怒《おこ》りますよね。——そして、先生ならここを知っていてもおかしくないし、定期的かつ秘密裏《ひみつり》に食べ物を届《とど》けるのも全然不可能《ふかのう》ではありません。ネガの窃盗《せっとう》も、僕達が倉庫を見に行った隙《すき》に。そういえば、それを勧《すす》めたのも先生でしたね」

セロンは頷《うなず》いた。

「でも、それだけじゃ決定的な理由にはなれない。先生も、それが分かっていてネガを盗《ぬす》むなんて実力行使に出たんだろう。俺は、時間をかけてでもこの人の口から聞くしかないと思っていたんだけど……、最後の最後で、向こうから馬脚《ばきゃく》を露《あらわ》にしてくれた」

「でも……、なぜ？　……なぜ？　どうしてです……？」

メグが、困惑《こんわく》を顔中に浮《う》かべて訊ねた。

セロンは、昨日までまともに口をきくこともできなかった相手に向かって、努《つと》めて淡々《たんたん》と答える。

「それは、まだ分からない。その人が誰だか分からないから。先生を問いつめるしかない。

──その時は、一緒《いっしょ》に？」

「いいでしょう。どうか、私も一緒に」

見つめ合う二人のやりとりを聞いて、

「ふふっ」

ナタリアが眼鏡の下の目を細めた。

隣《となり》を見ると、ニックもまた同じように微笑《ほほえ》んでいて、そしてナタリアに気づいて視線《しせん》を送ってきた。

ナタリアが訊《たず》ねる。

「妬《や》けるかい？」

ニックが答えた。

「いいえ」


「待てえっ！」

足の速いラリーは、広い中庭を必死になって逃《に》げるマードック先生にあっさり追いつくと、

「悪く思うな！」

その太った背中《せなか》を両手で軽く突《つ》き押《お》した。

「わあっ！」

それだけで、マードック先生はバランスを崩《くず》して転倒《てんとう》した。なんとか受け身を取って、土の上をごろごろと転《ころ》がり、やがて尻《しり》もちをついた状態《じょうたい》で止まった。

「先生……。ちょっと話が」

胸《むね》の前で左手の平を右拳《みぎこぶし》で叩《たた》きながら、ラリーが言った。

「……わ、分かった。何も暴力《ぼうりょく》をふるわなくてもいいだろう……。なあ？」

顔に浮《う》かんだ汗《あせ》に土をまぶしながら、荒《あら》い息を吐《は》きながら、マードック先生が言った。

ジェニーが二人に追いついて、ラリーの脇《わき》に立つ。そして、

「先生。ネガ、返してもらいますからね」

「な、なんのことだ……？」

「とぼけても無駄《むだ》ですよ。よくよく考えたら、部屋《へや》のキャビネットはいじられてなくて、あのファイルのあのネガのあの一枚だけ盗《ぬす》まれるなんておかしいと思ったんです。カメラや写真のこと知らないと、いきなり引き伸ばし機の脇のネガだけを盗むなんてできないでしょ」

「…………」

言い返せないマードック先生を尻目に、ラリーは隣《となり》にいる少女へと軽く視線《しせん》を下して、

「お、なかなか切れるな」

「し、知らないな……。そもそも、そんなことは、私が盗んだという決定的な証拠《しょうこ》にはならない……。だいたい、私がなぜ君達に追いかけられなければならないんだ？　私は、倉庫が開いていたから調べるために入っただけだ。――そ、そうしたら、ヘップバーン君がいきなり出てきて驚《おどろ》いたんだよ……」

尻もちをついたままのマードック先生は、半笑いを浮《う》かべながらそんなことを言って、

「呆《あき》れた……。先生、それって男らしくないですよ」

ラリーが眉《まゆ》をひそめた。

「証拠がなければ……、誰《だれ》も捕《つか》まらない。それは分かってるよな？　ネガなんて知らないよ」

「汚《き》ったねえ……。それが大人のやることか？」

「だからなんだい？　――大人と子供、さあて、一体どっちが信用されるかな？」

マードック先生は口元に笑《え》みを浮《う》かべながら、ゆっくりと立ち上がった。体の土埃《つちぼこり》を叩《たた》きながら、努《つと》めて偉《えら》そうな態度《たいど》で胸《むね》を張《は》って、

「教師を疑って、暴力《ぼうりょく》をふるった行為《こうい》は処罰《しょばつ》の対象《たいしょう》だな。ラリー・ヘップバーン君。知っての通り、上級学校の規律《きりつ》は厳格《げんかく》だ。君は間違《まちが》いなく退学だろうな。君の立派《りっぱ》な御両親も、お兄様も、君が退学などになったらさぞ悲しむだろうが、これはもう仕方がないな」

「な……」

絶句《ぜっく》したラリーを、ジェニーがけしかける。

「ほらほら、もうこの人と話をしても時間の無駄《むだ》だから、暴力でもなんでもいいからさっさと取《と》り押《お》さえな」

ジェニーはそう言うと、鞄《かばん》からカメラを出して首から提《さ》げ、ラリーへとピントを合わせていた。

「いいけど……、それでどうなる？」

疑問と共に顔を向けたラリーに、ジェニーはまず一枚撮影《さつえい》。それから顔を上げて、肩《かた》をすくめて答える。

「さあ？　でも――」

「でも？」

「最悪退学になるのはあんただけだ」

「お前……。やっぱり後で、じっくりと話をしような」

「それって、ひょっとして口説《くど》いてるの？」

「断《だん》じて違《ちが》う」

そしてラリーは、マードック先生へと顔を戻《もど》すと、

「先生、証拠云々《しょうこうんぬん》は知りません。でも、セロンとは話をしてもらいたいので、一緒《いっしょ》に来てもらいますよ。知っているとは思いますが、アイツはオレの百倍頭がいいですからね。うまくごまかせるといいですね」

そして一歩、マードック先生へと近づいた。

「な、何を言っているんだ？　私は校内の見回りを続けないといけないから、君達と遊んでいる暇《ひま》なんてないんだよ。失礼するよ」

「往生際《おうじょうぎわ》が悪いっすね。――みっともない」

「う、うるさい！　教師を馬鹿にするのか！」

「オレは馬鹿だけど、先生の授業は結構《けっこう》好きだったんですけどね……」

ラリーが、マードック先生へと近づきながら、その腕《うで》を掴《つか》むために手を伸ばす。

「う、うわあっ！」

マードック先生は捕《つか》まれそうな腕を振《ふ》り回《まわ》して暴《あば》れたが、ラリーは軽くそれを避《よ》けて、

「疲《つか》れるだけですよ、先生」

「う、うるさい！　うるさい！　うわあ！　来るなあっ！」

半狂乱《はんきょうらん》のマードック先生が、ラリーの顔へと左腕で殴《なぐ》りかかった。

地下の男に比べれは、極端《きょくたん》に速度の緩《ゆる》い攻撃《こうげき》。

「ふう……」

ラリーはため息《いき》をつきながら、それを避けようと上半身を傾《かたむ》けかけ――

「止まれ！」

「え？」

突然《とつぜん》放たれた誰《だれ》かの声で、言われた通りに動きを止めた。

そして殴られた。

「がっ！」

マードック先生の拳《こぶし》がラリーの右頬《みぎほお》と鼻先に命中。不安定な体勢《たいせい》だったので、ラリーは数歩たたらを踏《ふ》んで、後ろへと尻《しり》もちをついた。同時に、ジェニーがその瞬間《しゅんかん》を撮影《さつえい》していた。

「くっそ！」

悪態《あくたい》をついたラリーの鼻から、つーっと血が流れ出す。ジェニーがもう一枚撮《と》った。

マードック先生は殴り終えた体勢のまま、

「…………」

自分の攻撃《こうげき》が当たったことに驚《おどろ》いていたが、すぐに居丈高《いたけだか》な態度《たいど》に変わり、

「ど、どうだ！　教師に暴力《ぼうりょく》をふるおうとしたからだ！」

「…………」

ラリーが、顎《あご》から垂《た》れる鼻血を気にもせず、蒼《あお》い瞳《ひとみ》でマードック先生を睨《にら》み返《かえ》した時だった。

「なんの騒《さわ》ぎですか？」

再《ふた》び、男の声。

マードック先生が肩《かた》をびくりとふるわせながら振《ふ》り向《む》き、ラリーはゆっくりと立ち上がる。

ジェニーも声がした方向へ顔を向けて、男に気づいて声を上げる。

「あ、あのやろ！」

一番近い校舎の出入り口の前――

そこに、青い作業着姿《すがた》の男が一人立っていた。

その男、ハートネットはつかつかと三人に歩み寄ると、

「これはこれは、マードック先生。一体何があったのですか？」

「…………。い、いろいろありまして……。でも、心配などいりませんよ、ええ」

「そうですか？」

淡々《たんたん》とした大人の会話を聞いて、

「冗談《じょうだん》じゃないわ！　いろいろあったのよ」

ジェニーが甲高《かんだか》い声で割り込んだ。

「地下に謎《なぞ》の男は実在《じつざい》した。私達は確認《かくにん》した。そしてその男に、私達を殺すようにけしかけたのはマードック先生。写真のネガの窃盗《せっとう》疑惑《ぎわく》もある」

ジェニーの言葉を聞いて、ハートネットはマードック先生に目を向け、

「そうなのですか？　先生」

「し、知らん！　――君も大人なら、子供の戯言《ざれごと》をいちいち本気にしてもらいたくはないね。そもそもその女子生徒は、嘘八百《うそはっぴゃく》の新聞を書くことで曰《いわ》く付きの生徒だ！」

「ほう……」

ハートネットはジェニーを一瞥《いちべつ》する。

まず自分を睨む彼女を見て、そして次に、三メートルほど離《はな》れた位置で鼻から血を流しているラリーへと視線《しせん》を向けた。

「私はそろそろ失礼する！　いろいろと仕事が残っているのでね！」

マードック先生がそう言い捨てて、踵《きびす》を返そうとした瞬間《しゅんかん》――

「そこの金髪《きんぱつ》は？　彼はなぜ血を？」

ハートネットは訊《たず》ねた。

「それは……」

マードック先生が言いよどむと、ぽたぽたと血を垂《た》らしながら、ラリーが代わりに答える。

「たった今、先生に殴《なぐ》られたからですよ」

ラリーは、マードック先生の後ろへとゆっくり歩いた。逃《に》げ出《だ》したら押《お》さえるつもりで、目を光らせる。

「ほう。確《たし》かですか？　先生」

「え？　いや、しかし――」

「どうやら本当のようですね。彼は確かに殴られているし、ここには他に彼女とあなたしかいませんも。小柄《こがら》な彼女の細腕《ほそうで》では、あそこまでのパンチは繰《く》り出《だ》せないでしょう」

ハートネットの声を聞いて、ジェニーが嬉《うれ》しそうに漏《も》らす。

「やってみなければ分かりませんよ。試《ため》してみます？」

「やらんでいいわ」

ラリーが、マードック先生を挟《はさ》んだ反対側から言い返した。

ジェニーが、カメラを軽く持ち上げ、

「決定的証拠《しょうこ》ならこの中に。現像《げんぞう》を待ってくれればお出ししますけど」

「ひっ……」

ハートネットは、顔が引きつり始めたマードック先生に、追い打ちをかけるように言う。

「いけませんねえ。上級学校の教師が、可愛《かわい》い生徒を殴《なぐ》るなんて。これは大変な問題です」

「いえ、そいつ可愛くないですよ。見て分かりませんか？」

「ジェニー、お前しばらく黙《だま》ってろ。な？」

「先生、生徒殴打《おうだ》について訊《たず》ねたいことがあるので、私と一緒《いっしょ》にいてください。用事があるようですが、全てキャンセルしてもらいます」

「なっ！　何を言っているのかね君は？　部外者の君には、関係のない話だ！　これは学校内の事例だ！」

「そうは言われても、人を殴って血が出るような怪我《けが》をさせてしまっていては、立派《りっぱ》な傷害《しょうがい》罪《ざい》というやつでして――」

ハートネットは作業着の胸元《むなもと》に手を入れると、首から紐《ひも》で下がっていた、そして服の中に隠《かく》されていた身分証入れを取り出した。

革製《かわせい》の薄《うす》い身分証入れを、折りたたまれていたそれを慣《な》れた手つきで下へとぱたりと開き、マードック先生の目前に掲《かか》げた。

「え……？」

「立場上、放っておくわけにはいきません。しばらく一緒にいてもらいますよ。地下の件も含《ふく》め、詳《くわ》しい話は全て後で別の場所でじっくりしましょうか」

マードック先生が、数秒間凍《こお》ったように固《かた》まり、そして唸《うな》るように声を上げる。

「あ……、あ、ああ……。おしまいだ……」

がくりと膝《ひざ》をつき、頭を抱《かか》えたマードック先生のすぐ後ろ――

鼻血をハンカチで押《お》さえていたラリーの目に、ハートネットの身分証が飛び込む。

黒い制服を着たハートネットの写真の上に書かれているのは、〝連邦《れんぽう》警察〟の文字。

「え――」

ラリーは、唖然《あぜん》とした表情のまま数秒固《かた》まった。

それから、身分証を懐《ふところ》にしまったハートネットに向けて――

血で染《そ》まった手の中のハンカチを握《にぎ》りしめながら、鼻から薄《うす》く血を流しながら叫《さけ》ぶ。

「あんた！　オレをわざと殴らせたな！」

＊　＊　＊

「まだみんな、そこにいるかい？」

男の声でそう質問されて、

「いますよ」

セロンが答えた。

地下の部屋《へや》では、セロンとナタリア、そしてニックが壁《かべ》によりかかっていた。

部屋の中央に、冷たい石の床《ゆか》の上には、男が泣《な》き疲《つか》れたまま子供のように眠《ねむ》っていた。

そして〝その子〟を見守るかのように、メグが膝《ひざ》を抱《かか》えて座《すわ》っている。

「失礼するよ」

そう言って通路を抜《ぬ》けてきたのは、ハートネットだった。

「おや？」

ナタリアが彼を見て驚《おどろ》きを口に出した。ニックとメグも、意外な人物に目を丸くする。

「ラリーとジェニーはどうしましたか？」

ニックの声に、

「今行く」

「いるぞー」

通路の奥から、二人の返答があった。すぐにラリーが、そしてジェニーが現れて、ハートネットの隣《となり》に立った。

ラリーのTシャツに血が点々と付いていたが、鼻からの出血は止まっていた。

「大丈夫《だいじょうぶ》か？」

セロンがラリーに聞いて、

「ふとっちょの悪者に殴《なぐ》られたが、どってことはない。ま、名誉《めいよ》の負傷《ふしょう》ってやつだ。待たせてすまないな」

「やはり、マードック先生だったんだな」

「おっ！　さすがだなセロン。最初から怪《あや》しんでいたのか」

「ああ。あの時答えなかった答えだ」

「なるほどね。――まあ、いろいろとカタはついた」

「上では何が一体どうなったんだい？」

ナタリアの質問にラリーは、

「いろいろと……、オレには説明は難《むずか》しい。とりあえず、この人に聞いてくれ」

ハートネットに下駄《げた》を預《あず》けた。

「さて……」

ハートネットは、薄暗闇《うすくらやみ》に慣《な》れた目で地下室を見回した。

横になって手足をジャージで縛《しば》られている男を見て、その脇《わき》に座《すわ》る黒髪《くろかみ》の少女に睨《にら》まれた。

「ふむ。では、どこから話したものか……」

つぶやいたハートネットに、セロンが脇から歩み寄り、質問をする。

「マードック先生はどうなりましたか？　ハートネットさん」

「自分の仲間がしっかりと確保《かくほ》しているよ。心配はない」

ナタリアが驚《おどろ》きながら、

「あんた達が？」

「ああ。慣《な》れているんでね」

そしてセロンがあっさりとした口調《くちょう》で訊《たず》ねる。

「これから先生が連れて行かれる先は——、警察ですね？」

「え？」「はい？」「…………」

ナタリアとニック、そしてメグの反応《はんのう》。

ハートネットはしばしば目を瞬《また》かせ、

「セロン君は、本当に頭が切れるなあ。——そうだよ」

どういうことだい？　とのナタリアの声が聞こえ、ラリーが憮然《ぶぜん》とした表情で答える。

「その作業員さん、そしてその仲間の皆さん全員……、実は警察官なんだってさ。それも連邦《れんぽう》警察だ」

「なんてこったい」「それはまた……」

どよめきの声が、ナタリアとニックから上がった。

「〝連邦警察〟とは？」

メグの問いに、セロンが淡々《たんたん》と答える。

「ロクシアーヌク連邦は、警察組織《そしき》がとても複雑だ。それぞれの連邦構成国《こうせいこく》にはその国の警察が、ここ首都特別地域《ちいき》には〝首都警察〟がある。連邦軍の〝軍警察〟もある。——そして連邦警察とは、国境を越えた事件など、連邦全域《ぜんいき》を広く捜査《そうさ》する組織のことだ。かなり権限《けんげん》が強い。テロや組織犯罪《はんざい》、誘拐《ゆうかい》など大きな事件を取《と》り扱《あつか》う」

「ああ……、なるほど……。偉《えら》いんですね……」

分かったのか分かっていないのか分からないが、メグがつぶやいた。

「さてセロン君。――どのへんから自分を疑っていた？」

ハートネットの問いに、そうですね、とセロンは前置きして、

「最初は、本当に作業で入っているのだと思っていました。でも、ジェニーの写真を見て、そしてマードック先生の怪《あや》しい素振《そぶ》りを見てからは、何か地下の男に絡《から》んでいる可能性《かのうせい》を考えるようになりました。三百年もそのままの格子《こうし》を今さら塞《ふさ》ぐのも変ですし」

「確《たし》かに。ちょっと強引《ごういん》だったねあれは」

「そして、取り上げた写真を折ったり破ったりせずに、この先調べられるように丁寧《ていねい》に丸めたことと、陸軍で格闘技《かくとうぎ》を習っているラリーを簡単《かんたん》にいなしたことで、何らかの捜査《そうさ》の可能性を考えました。とはいっても、決定打は今ラリーがおとなしくしていることですが」

「なるほど」

「まさか、連邦《れんぽう》警察だとは思いませんでしたけどね。あなた達は――」

セロンが、メグの前で横たわる男を指し示しながら言う。

「あの人とマードック先生を捕《つか》まえるために動いていたんですね？」

〝捕まえるため〟という言葉に、メグが小さく、肩《かた》を震《ふる》わせて反応《はんのう》した。

「そうなのですか……？　この人は助けてはいけないのですか……？」

そしてハートネットは、首を横に振《ふ》った。

「惜《お》しいけど違《ちが》うよ、セロン君。我々の任務《にんむ》は、その人を保護することだ」

「保護？」

セロンが目を丸くして聞き返し、

「そうだよ。その人は、何も悪いことはしていないからね。——安心したかい、スー・ベー・イルの優《やさ》しいお嬢《じょう》さん？」

「え？　——ええ。とても」

メグが目を細めて答えた。

セロンは三秒ほど間をおいてから、ハートネットに言う。

「初めから、マードック先生がやっていたことを知っていたんですね？」

ハートネットは、今度はしっかりと頷《うなず》いた。

「そういうことさ。我々は夏休み前から、マーク・マードックを尾行《びこう》したり家を監視《かんし》したりしていた。物的証拠《しょうこ》を摑《つか》むために、夏休を待って偽装《ぎそう》身分で校内の捜査を始めたってわけさ。本当なら、さっさと地下に踏《ふ》み込《こ》んで証拠を押《お》さえるつもりだったんだ。まさか、こんなふうになるとは思いもしなかったけどね」

ハートネットが、先ほどのセロンの言い方を真似《まね》て答えた。

「今日は？」

「学校側から苦情《くじょう》が入って、作業を中止せざるを得《え》なくなった。苦情の元はどうせマーク・マードックだろうけどね。昨日も、のらりくらりと逃《に》げて鍵《かぎ》を渡《わた》してくれなかったし。自分は一人で彼を見張《みは》っていたんだ。倉庫に入っていったんで、踏《ふ》み込《こ》んでやろうかと思って仲間を呼《よ》び戻《もど》した。君達が入っていったのは知らなかったんだよ。そして戻ってきてみたら、マーク・マードックはラリー君に追いかけられているじゃないか」

「その後でオレが殴《なぐ》られるのを待って、先生は現行犯逮捕《げんこうはんたいほ》、というわけだ」

ラリーが呆《あき》れ顔《がお》で説明を加えた。

「さて……」

ハートネットは、視線《しせん》を床《ゆか》で寝入《ねい》っている男へと移《うつ》した。

「その人が、〝彼〟か……」

そのハートネットへ、メグが、強い調子《ちょうし》で質問をぶつける。

「では、誰《だれ》なのですか？　――この可哀相《かわいそう》な人は、誰なのですか？　知っているのでしたら、教えてください。どうか教えてください！」

「捜査上《そうさじょう》の機密《きみつ》だから教えられない、と言ったら？　――いいや、この言い方はなしだ。教えるよ」

ハートネットが、六人の視線を受けながら語り出す。

「その男の名は――、バート・マードック。マーク・マードックの、マードック先生の、二歳年下の実弟《じってい》だ」

「な……、なんですって？」

メグが叫《さけ》ぶように聞き返して、

「本当のことさ。──君達は〝レストキ島紛争《ふんそう》〟のことは知っているかい？　河向こうでは〝緑島戦争〟って名前だ。世界暦三二七七年から三二七八年まで、今から三十年ほど前に起こった、東西最後の武力衝突《しょうとつ》だ」

「その時そこにはいなかったので、歴史の教科書に載《の》っているくらいなら」

セロンが皮肉《ひにく》気味《ぎみ》に答え、他には？　とハートネット。

「ルトニ河の島の領有権《りょうゆうけん》を巡《めぐ》って壮絶《そうぜつ》な塹壕線《ざんごうせん》となって、近代兵器の発達によって、双方《そうほう》にかつてないほどの戦死率を出した史上最悪の戦争──、と」

ニックが淡々《たんたん》と付け足した。

ハートネットは、そうだ、とつぶやいて、

「そしてあのマードックもそこのマードックも、軍人としてそこにいた。マーク・マードックは生還《せいかん》して教師になった。バート・マードックは、帰ってこなかった。──それで終わっていれば、当時は珍《めずら》しくもない、一つの悲しい話ですんだはずだったんだけどな」

「でも、この人は生きています！　──あっ！　それからスー・ベー・イルで、ずっと暮《く》らしていたんですね？　そうなんですね？」

「そうだよ。――バート・マードックは負傷後《ふしょうご》にスー・ベー・イル側の捕虜《ほりょ》になっていた。その後、ロクシェに戻《もど》ることを拒《こば》んだ」

ラリーが訊《たず》ねる。

「なんでです？　いろいろ混乱した〝大戦争〟の時ならともかく、レストキ島紛争《ふんそう》の後は、双《そう》方《ほう》の捕虜の交換《こうかん》がちゃんとあったはずですよ」

ハートネットは頷《うなず》くと、

「そうだな。公的には、全員がもれなく自分の国に戻ったとされている。でも、バート・マードックは戻らなかった。理由は――、おそらくは……、いやきっと――、兄に花を持たせたかったからだろう」

六人が、顔に疑問符を浮《う》かべた。ハートネットは説明を続ける。

「二人は、生まれ育った村で兄弟だけで暮《く》らしていた。当時この兄弟には、女性の幼《おさな》なじみがいた。三人で仲良く育ったんだが、やがて二人は、彼女に同時に恋をした。二人はお互いを出《だ》し抜《ぬ》くことができず、彼女もまた、どちらかを選べなかった。やがて二人が戦地に向かうことになって、三人はある約束をした。二人とも戻ってきたら、彼女がどちらかを選ぶ。でも、もしどちらか一方しか帰ってこなかったら――」

「その人と結ばれる……」

ジェニーが彼女にしては珍《めずら》しく、力なくそう言って、

「そうだ。そうして、兄のマーク・マードックは生還《せいかん》した。しかし、弟は戦闘中《せんとうちゅう》に行方不明になって、捕虜交換でも帰ってこなかった。当然だが、戦死したと思われた。そして残された二人は——、結婚した」

「この人は、それでスー・ベー・イルに残る道を選んだのか……」

ラリーのつぶやき。

「もう戻っても二人は結婚しているから、自分は邪魔《じゃま》になるとでも思ったのかね？」

ナタリアが言って、ジェニーは鼻息《はないき》を荒くして言い放つ。

「だとしたらたいそうなアホよ。わたしだったら、戻ってきて兄貴をぶん殴《なぐ》るけど！」

「まあ、理由は分からない。スー・ベー・イルがとても気に入ったのかもしれないしね」

ハートネットが言った。

するとメグが、目の前で寝《ね》ている男を見ながら、

「それなのに、それなのに……、どうしてこの人は今ここにいるのですか？　帰りたいと涙《なみだ》を流すのに、なんでここにいるんですか！　教えてください！」

メグの視線《しせん》を見下ろしながら、ハートネットが答える。

「最初に断《ことわ》っておくけれど……、ここから先は全然楽しい話じゃないよ。お嬢《じょう》さん」

「構《かま》いません！」

セロンは、瞳《ひとみ》を動かしてメグを見た。凛《りん》とした横顔を見て、

「…………」

そして何も言わなかった。

「じゃあ、教えよう。──マーク・マードックは三年ほど前に、スー・ベー・イルに旅行した同郷《どうきょう》の知人から信じられない話を聞いた。自分の弟が、バート・マードックがスー・ベー・イルで生きているという話だ。知人は絶対《ぜったい》に間違《まちが》いないと主張《しゅちょう》し、しかるべき機関に捜査《そうさ》を頼《たの》むべきだと言った。マーク・マードックはそれを断《ことわ》り、調べるために一人で出かけた」

セロンが、確認《かくにん》するように訊《たず》ねる。

「そして、見つけてしまったのですね？」

「そうだよ。バート・マードックは確《たし》かに生きていた。二人の間でその時どんなやりとりがあったのかは知らないが……、マーク・マードックは、スー・ベー・イルの市民権を持っていた弟に、再《ふたた》びルトニを超えさせた。それ自体は問題ではない。今は、移民《いみん》すらなんら難《むずか》しくない時代だからね」

メグが問う。

「そして連れてきて……、でも人目に触《ふ》れてもらいたくなくて、こんなところに閉じこめたというのですか？　お兄さんが、弟を？」

「そうだよ、お嬢《じょう》さん。悲しいかなそれが現実だ。マーク・マードックは何故《なぜ》か弟を家に置かず、ロクシエ到着後《とうちゃくご》すぐさま、学校が休みの日に人の目を盗《ぬす》んでここに連れてきた。ただし、ここは妙《みょう》に快適《かいてき》だろう？　決して〝地下牢《ろう》〟だったわけではない。マーク・マードックは教師生活が長いから、その間に自分の過ごしやすい空間としてここを改装《かいそう》したらしい。お湯に水に電気に、あんな大きな家具まで持ち込んで組み立てて――。ここは彼の〝別荘〟だったんだ。実際《じっさい》、そこにいる男は汚《よご》れてもいないし、病気にもかかっていないみたいだし」

「でも……、だからって……」

メグは、それ以上の言葉を言えず、目を閉じて首を振《ふ》った。

「まあね。公共施設《しせつ》の占有《せんゆう》は、微罪《びざい》とはいえ立派《りっぱ》な犯罪《はんざい》だからね。別荘もおしまいさ」

ハートネットが言って、

「そうよ。そのへんもちゃんと追及《ついきゅう》しなさいよ」

ジェニーがそれに賛同し、

「お前が言うな」

そしてラリーに即座《そくざ》に言い返された。

ニックが訊《たず》ねる。

「しかし、警察もよく気づきましたね。ジェニーに偶然《ぐうぜん》写真を撮《と》られるまで、二年もの間、学校中の誰《だれ》もがまったく気づかなかったというのに」

「そうだね。ジェニーの新聞にも載《の》らなかったというのに」

ナタリアが冗談《じょうだん》めかして言って、

「〝地下に謎《なぞ》の男が住む？〟って思いついたことはあるわよ。書いておけばよかったって後悔《こうかい》してるわよ」

ジェニーは面白《おもしろ》くなさそうに返した。

「まあな——。みんなの親からもらっている大量の税金《ぜいきん》は、とても有効《ゆうこう》に利用されているってことだ。これからも、優秀な連邦《れんぽう》警察をよろしくな。善良な市民からの寄付ならいつでも大歓迎だぜ」

ハートネットがおどけて言ったが、セロンは短く、

「違《ちが》うな」

その言葉に、ハートネット以外が首を傾《かし》げた。

一方ハートネットはばつの悪そうな顔をして、

「まったく、優秀すぎるのも考えものだよなあ……」

「じゃあ、やっぱり違うってことかい？」

ナタリアが聞いて、

「残念ながらね……。眼鏡の美人さん」

ハートネットは、あっさりと認《みと》めた。

ナタリアは、ハートネットではなくセロンへと顔を向けて、

「じゃあ、なんでだい？　セロン。——それにそのことをどうして分かった？」

セロンは、聞かれたことに淡々《たんたん》と答える。

「誰《だれ》かが、そのことを通報《つうほう》したんだ。それで初めて動いた。そしてなぜそれが分かったかというと——、ハートネットさんがそんな服を着ているのが一番分かりやすい理由だ」

作業着姿《すがた》の警官は、何も言わずに肩《かた》をすくめた。

セロンが続ける。

「夏休みになって、それも作業員のふりをしてやっと学校に入ってこられた組織《そしき》が、事前捜査《そうさ》でそんな詳《くわ》しい状況を摑《つか》んでいられたわけがない」

なるほど、とナタリアがつぶやいた。

「その通りさ、セロン君、そしてみんな。——内通があった。一月ほど前のことだ。今自分が言った、事の顚末《てんまつ》を詳細《しょうさい》に書き記した手紙が本部に届《とど》いた。マーク・マードックはとても悪いことをしているから、どうか彼を止めて、バート・マードックを地下から救《すく》い出《だ》して欲しいという切なる願いと一緒《いっしょ》にね。差出人はロクシェ首都在住ではなかったから、捜査が国またぎになって我々連邦《れんぽう》警察にお鉢《はち》が回ってきたんだが、まずはその手紙の内容が本当かどうかを調べる必要があった」

「さて、一体誰がそんな暴露《ばくろ》を？」

ニックが訊《たず》ね、

「一人しかできない」

セロンは即座《そくざ》に答えた。

「ああ……」

直後にメグが気づいて、両頬《りょうほお》を手で覆《おお》って、

「なんという、なんということでしょう……」

頭を振《ふ》りながら、お下げを揺《ゆ》らしながら、悲しげに言葉を漏《も》らした。

「あっ！　なるほど……、そういうことね」

ジェニーが、

「そっか……。すでに、話の中は一度出てきていた人か」

ナタリアが、

「ああ、そのヒントで僕にも分かりました。……悲しいですね」

そしてニックが、順に気づき次々に言って、

「えっと……、オレは降参《こうさん》だ。話を進めて欲しいから教えてくれ。それは一体誰《だれ》なんだ？　セロン」

ラリーは、セロンへと質問をした。

「もう一人のマードックさんだ」

「は？　──あ！　ああ……」

答えが分かったラリーが、蒼《あお》い瞳《ひとみ》を伏《ふ》せた。

「そう。マードック夫人さ」

「これでだいたい、話は全部かな？」

ハートネットの言葉に、ジェニーが質問を投げかける。

「待ってよ。なんで先生はそんなことをしたのか、動機《どうき》が抜《ぬ》けてるわよ」

「それは、夫人からの手紙には一行も書いてなかったよ。我々も、不思議《ふしぎ》には思っていた」

ハートネットが答えた。

「なぜ、なんでしょうね？　僕には分からない。今さら弟さんに奥《おく》さんを取られるなんて思うわけはないし、せっかく兄弟が一緒《いっしょ》に住むことができたというのに」

ニックが言って、ナタリアが引《ひ》き継《つ》ぐ。

「そもそもさ、一緒に住まわせるわけじゃないのなら、スー・ベー・イルから連れてくる意味も分からないよ。そして見つかる危険《きけん》を冒《おか》してこんなところに押《お》し込《こ》めるより、ルトニ河の向こうで、それまで通りに自活してもらっていた方がずっとずっといいじゃないか。――セロン。何か思い当たるかい？」

セロンは、首を横に振《ふ》った。

「いいや……。考えたんだが、全てナタリアの言う通りだ」

セロンが降参すると、ハートネットは、

「まあ、おいおい自供《じきょう》してもらうさ」

少し嬉《うれ》しそうに言った。

その直後だった。

「死んでいて欲しかったんだよ」

ぼそりと、葬式《そうしき》の挨拶《あいさつ》のような重苦しい口調《くちょう》で言ったのは——

皆《みな》の注目を集めたのは、ラリーだった。


「どういうことだい？」

ナタリアが、即座《そくざ》に聞いた。

ラリーは蒼《あお》い双眸《そうぼう》を細めて、悲しげな顔で答える。

「死んでいて欲しかったのさ……、その人に。生きていることが分かってしまっては、ひどく困《こま》るんだよ、マードック先生は。クソっ！　ひってぇ話だ……」

「泣き出す前に全部喋《しゃべ》りな、チビ助。ハンカチは貸してやるから」

「安心しろナータ。オレはもう泣かないよ。——マードック先生は、その人にとって唯一《ゆいいつ》の肉親なんだったな。そうだろ？　警官さん」

「ああ」

「すると、マードック先生には……、軍人恩給《おんきゅう》が行く」

「おっ――」

ハートネットが真っ先に気づき、反対にメグは首を傾《かし》げた。セロンが、

「〝恩給〟とは、元軍人や、その遺族《いぞく》に国が支払《しはら》うお金のことだ」

「なるほど……。ありがとうございます。セロン君」

ラリーが言葉を続ける。

「レストキ島紛争《ふんそう》では戦場が限定《げんてい》されていたから、行方不明者は紛争終結後一年して戦死扱《あつか》いになった。だから、三十年近く……、マードック先生は自分の分の恩給と一緒《いっしょ》に、弟さんの分も遺族としてもらっていたはずだ。あまり知られてないけど、ロクシェの軍人恩給は兄弟にも与えられるからな。でも、もし弟さんが実は戦死していないと国防省に知られたら――。他のスー・ベー・イルに帰化《きか》した元軍人のように、〝戦時亡命者《ぼうめいしゃ》〟扱いとされたら――」

「取り上げられるのか？」

セロンが聞いて、ラリーは頷《うなず》く。

「ああ、全額返納《へんのう》だ。およそ三十年分だ。――すごい金額になるぞ」

「詳《くわ》しいな。金髪《きんぱつ》」

ジェニーの言葉に、ラリーは淡々《たんたん》と続ける。

「軍人恩給についてはな、祖父《そふ》からよく聞かされた話がある。若い頃《ころ》の祖父に、一人の大親友がいた。その人はレストキ島紛争当時大尉《たいい》で、首都でデスクワークだったんだが、たまたま視《し》

察《さつ》に行って戦闘《せんとう》に巻《ま》き込《こ》まれて行方不明になった。同行していた少佐は、敵勢力地《てきせいりょくち》域《いき》で、味方の散弾銃《さんだんじゅう》で頭を吹き飛ばされて死んでいた。そして軍は、その大尉《たいい》が保身に走り上官を殺し敵前逃亡《とうぼう》を図ったと結論づけた……」

ラリーは一度区切った。そして、

「その人には、密《ひそ》かに籍《せき》を入れていた奥《おく》さんがいたんだ。祖父《そふ》も知っていた人だ。でも、敵前逃亡したのだからと、その奥さんに恩給《おんきゅう》は下りなかった……。祖父は、〝あいつが奥さんを残してそんなことをするはずはない！　きっと戦死したんだ！〟ってずいぶん掛《か》け合《あ》ったんだけどな……、結局は駄目《だめ》だった」

ラリーは言葉を止めて、長く息《いき》を吐《は》き出《だ》した。

メグの手前で寝《ね》ている男を蒼《あお》い瞳《ひとみ》で眺《なが》め、再《ふたた》び息を吸った。

「だからさ、マードック先生は……、知人の報告《ほうこく》にさぞかし驚《おどろ》いたんだろうよ。自分で確《たし》かめに行って、本当に生きていたことを知った。そして、いつそれがロクシエ国防省にばれてしまうか恐《おそ》れた。もはやスー・ベー・イルから無理矢理にでも連れてきて、ここに隠《かく》すしかなかったんだ……。この弟さんも、自分が迷惑《めいわく》をかけたことを分かっていたんだろうよ。だからこそ、兄の言うことに全て従《したが》っていた……」

「そうか……。それで納得《なっとく》した」

セロンが頷いた。

「よっし繋《つな》がったぜ！　これで捜査《そうさ》がやりやすくなる」

嬉《うれ》しそうなハートネットを、

「あんた……、それでいいのかい？」

ナタリアが横目で見た。

ハートネットはあっさりと答える。

「事件が解決するんだから、いいに決まっているさ」

「やれやれ……」

ナタリアは肩《かた》をすくめた。

ラリーが力なくつぶやく。

「マードック先生は、横領《おうりょう》で捕《つか》まるだろう。その人は、ここから出ることはできるだろう。でも、戦時亡命者《ぼうめいしゃ》という汚名《おめい》と共にロクシエで生きなくてはならない。〝ロクシエにも居場所《いばしょ》がない〟とその人がさっき言ったのは、そういうことだ。そして、マードック夫人だって、決して……。これは……」

ニックが、黙《だま》ってしまったラリーの言葉を引《ひ》き継《つ》ぐ。

「これは――、誰《だれ》一人として幸せになれない結末ですね。でも、僕達には、これ以上どうしようもありません」

ナタリアも目を細めて、

「こうなると、暴《あば》かなかった方が良かったかね……？　いや、そんなことはないか。どうせ警察が動いていたんだから、数日中にはばれていただろうね」

次いでジェニーが、しおらしい口調《くちょう》で、

「そうね。わたしたちがやったかそうでないかの違《ちが》いだけね……。責任なんて感じていないわよ。感じても仕方がないし」

ラリーはそんなジェニーをちらりと見て、何か言いたげに口を開きかけ、

「…………」

何も言わなかった。

座《すわ》ったままのメグが、ハートネットを見上げながら訊《たず》ねる。

「ああ……、そんなのは悲しすぎます……。もう、私達にできることはないのですか……？」

ハートネットはメグの瞳《ひとみ》を見返して、

「ああ……。後は、警察に任《まか》せて欲しい」

ゆっくりと、そしてしっかりと答えた。

メグが、目を閉じた。

「もう、私達にできることはないのですか……」

疑問符なしで繰《く》り返《かえ》されたメグの言葉を、

「いいや！」

セロンは強く否定《ひてい》した。

地下に声を響《ひび》かせたセロンへと、皆《みな》の注目が集まる中、

「まだだ！」

セロンが彼にしては珍《めずら》しく、表情に感情を乗せた。

灰色《はいいろ》の目を細めて、口元をつり上げて、

「まだ、俺達にできることはある。——メグミカさん！」

「は——、はい！　それは私です！　私なんです！」

目を開けたメグが、高々と手を上げた。

「スー・ベー・イル大使館に、お父さんの知り合いがいるってさっき言ったね？」

「は、はい！　言いました。結構《けっこう》な偉《えら》い、王立陸軍の大佐さんです。私も、スー・ベー・イルの人達の集まるパーティーで、何回もお会いしたことがあります」

「スー・ベー・イル出身者の同郷意識《どうきょういしき》はとても強いと、本で読んだ。特にロクシェ首都では」

「は、はい。そうです。みんなとてもとても仲良しです。特にロクシェ首都では」

「では、お父さんに頼《たの》んで、その人にすぐに連絡を取って欲しい。そしてこう伝えて欲しい。

〝母国の人が、自分の生き別れの弟だと勘違《かんちが》いしたアホな男によってロクシェに連れてこられてしまってひどく困《こま》っているのを見つけた〟——と。送迎《そうげい》の運転手さんに、今すぐ大使館に連

れて行ってもらうように取りはからってもらうんだ。なんだったら俺達がついて行く。何せ俺達は、保護した当人だからな」

「………。ええ！　はい！　分かりました！　よく分かりました！　セロン君！」

花が咲いたようなメグの笑顔《えがお》を見て、セロンの灰色の瞳《ひとみ》が細くなる。

「おいおいセロン！　そりゃあ――、ぷっ！　わはは！　すごい手だなあ！　おい！」

幸せそうなセロンに向けて、ラリーが、途中《とちゅう》から笑いながら言った。

セロンは頷《うなず》くと、

「俺はさっきまで――、この人が何かロクシェで違法行為《いほうこうい》をしたのなら、そのために逃《に》げてきたのなら、警察に突《つ》き出《だ》すべきだと思っていた。でも……、この人は何も悪いことをしていないのが分かった」

「そうだね。この〝善良なスー・ベー・イル人〟は、なるべく早くスー・ベー・イル大使館に保護してもらうべきだね。あそこは、法的にはスー・ベー・イルなんだろう？　入れてしまえばそれまでだ」

ナタリアも嬉《うれ》しそうに言って、

「その前にじっくりと取材《しゅざい》させて欲しかったけど……、まあ、今回は諦《あきら》めてあげるわよ」

ジェニーが笑顔で続いた。

「僕は、その人がマードック先生の実弟《じってい》じゃないって最初から気づいていましたよ。だって、

全然似《に》てないじゃないですか。みんなも本当は、とっくに分かっていたんでしょう？　まったく嫌《いや》だなあ」

最後に、見事《みごと》な棒読《ぼうよ》みの演技《えんぎ》でニック。

「ああ……、確かに似てないな。――じゃあハートネットさん。そういうことで」

セロンに言われて、唖然《あぜん》としていたハートネットが我に返る。

「ちょ、ちょっと待て！　待つんだ君達！　そんなデタラメが通ると思っているのか？」

「通します」

「〝通します〟って――、それを自分が見逃《みのが》すとでも思うか？　そもそも、自分は彼を保護するって言っただろ？」

「さて？　――さっきから気になっていたのですが、あなたは一体どこのどなたですか？」

セロンの声に、ナタリアが吹き出し、メグが口元を綻《ほころ》ばせた。

聞かれたハートネットは腰《こし》に手を当てて、真剣《しんけん》な顔つきで、

「セロン君。遊びは終わりだよ。自分はこう見えても、連邦《れんぽう》警察の警官なんだ。そんなのを見逃すわけにはいかないんだよ。仕事上ね。大人としてね」

「警官？　どこに警官が？」

「ここにさ」

ハートネットは自分の胸《むね》に手を当てたが、セロンは首を横に振《ふ》った。

「まさか。あなたは単に作業に入った作業員さんですよ。——連邦警察の警官が、教育省や学校長の許可《きょか》なしに偽装《ぎそう》身分で入り込んで校内で調べごとをやっていたなんて、そんなことがあってたまるものですか」

「ぐっ——！　まさか、言う気か……？」

ハートネットの顔に焦《あせ》りの色が浮《う》かび——

そしてセロンの返答。

「なかったことは言えませんよ」

第十三章

「新聞部」

第十三章　「新聞部」

第七の月　九日　合宿三日目

「みんなそろっているね。おはよう。――では食事にしよう。たっぷり食べて、しっかり練習しよう」

寮食《りょうしょく》の入り口で眼鏡のアーサー部長の声を聞くセロンは、そしてマードック先生に殴《なぐ》られた右頬《みぎほお》を少し腫《は》らしたラリーは、

「眠《ねむ》いな」

「眠いぞ」

そろって同じことを言った。

「お疲《つか》れ様でした」

そしてニックが、二人に後ろからそんな言葉をかけた。

前の日の夜のこと。

セロンとラリーの二人が寮《りょう》の部屋《へや》に戻《もど》ってきたのは、深夜《しんや》を回っていた。

あの後——

地団駄《じだんだ》を踏《ふ》んで悔《くや》しがるハートネットを横目に、メグは父親に電話をかけた。

すぐにやってきた送迎《そうげい》のリムジンに、メグはすっかりおとなしくなった男を乗せた。運転手はメグの父親から話を聞いていたので、黙《だま》ってメグに従《したが》った。さらにセロンとラリーが同乗して、三人の見送りを受けながら、リムジンは学校を離《はな》れる。

男は貝のように口を閉ざしていた。スー・ベー・イル大使館に向かうことを知った時だけ、ほんの一瞬《いっしゅん》両目を見開き、その後はずっと目を閉じていた。

到着《とうちゃく》したスー・ベー・イル大使館で対応したのは、焦《こ》げ茶色《ちゃいろ》の王立陸軍の軍服に大佐の階級章をつけた、誰《だれ》が見ても太《ふと》り気味《ぎみ》の、人の良さそうな中年男性だった。

メグがベゼル語で対応し、〝バート・マードックに間違《まちが》えられた不運なスー・ベー・イル人〟は職員に保護され、すぐさま医務室に送られた。

セロンとラリーがメグを見たのもそこまでで、二人は別々の部屋で、大量の質問を受けた。

質問者の口調《くちょう》はきわめて穏《おだ》やかだったが、今日の出来事を、何が起きたのか根掘《ねほ》り葉掘《はほ》り訊《たず》ねられた。

一通り終わったかと思ったら、もう一度最初から同じことを聞かれた。返答に嘘《うそ》がないか調べるためで、結局二人は、四回同じことを答える羽目《はめ》になった。

提供《ていきょう》された夕食を挟《はさ》んで質問攻《ぜ》めは夜中まで続き、ようやく二人は解放《かいほう》された。

大使館が用意したタクシーに乗り込む前に、大佐自らが二人に近づき、メグは父親が迎えに来てすでに帰宅《きたく》したことを告《つ》げた。そして、

「あの男は、すぐにでも懐《なつ》かしの故郷《こきょう》に戻《もど》れるだろう。――君達のおかげだよ。ありがとう」

ふとっちょの大佐はそう言うと、笑顔《えがお》で敬礼《けいれい》をした。

ラリーが慌《あわ》てて踵《かかと》をそろえて返礼し、

「お願いします」

セロンは胸《むね》に手を当てて、深々と頭を下げた。

セロンとラリー、そしてニックは、朝食の後に演劇部員と共に体育館に移動《いどう》した。

「ごっめーん！　みんな！　心配かけたわね！　ママは大丈夫《だいじょうぶ》よ！　親戚《しんせき》のおばさんが助けにも来てくれたわ！　――さあて、遅《おく》れた分、今日からビシバシいかせてもらうわよ！」

帰ってきたクランツ先生の気合いの元、演劇部の練習が、オケ部とコーラス部を交《まじ》えて始まる。

三人の先輩達と一緒《いっしょ》に体育館に入ってきてセロンとラリーを見かけたメグは、

「…………」

無言《むごん》で小さくウインク。そして誰《だれ》が見ても可憐《かれん》な笑顔を見せた。

「…………」

セロンが、無言で無表情で、背筋《せすじ》を震《ふる》わせた。

「…………」

ラリーが、無言で笑顔のまま、セロンの肩《かた》をぽん、と叩《たた》いた。

続いて、ポートマン先輩に引き連れられたオケ部の面々が、楽器を手にぞろぞろと入ってきて、

「後でな」

ナタリアは三人に指を指《さ》して短くそう言った。

「では、僕も頑張《がんば》りますか。セロンが一緒《いっしょ》じゃないのが残念ですが」

ニックがそう言って、演劇部の中へと入っていく。

合同練習が始まる直前に、クランツ先生がいくつかの注意事項《じこう》を告《つ》げる。

その中に、

「そうそう、マードック先生が急病で、職員室には代わりに社会科のジョブズ先生が入ったから」

そんな言葉があったが——

生徒達からは、特別なんの反応《はんのう》もなかった。

ニックの見事《みごと》な演技と、オケ部の圧巻《あっかん》の演奏と、コーラス部の澄《す》んだ歌声と。

小間使《こまづか》いをしながらそれらに心奪《こころうば》われているうちに、あっという間に昼食の時間が来て——

「ああ、君達。先に行っていていいよ。午後の集合時間にまた会おう」

アーサー部長にそう言われ、セロンとラリーはみんなより一足先に寮食《りょうしょく》へと向かった。

二人が、寮食のはずれで黙《だま》ったままお茶を飲んでいると、

「ごめんなさい。待たせてしまいましたか？」

しおらしく言いながら、空のカップを片手にニックがやってきた。その後ろでは、演劇部員達が受け取りの列を作り始める。

「よおく分かっていると思うが……、セロンが真剣《しんけん》な顔をして待っていたのはお前じゃない」

ラリーが言い返し、

「いいよ。飲むか？」

セロンはお茶を勧《すす》める。

「いただきます」

ニックを交《まじ》えて、今度は三人で黙ってお茶を飲んでいると、

「よっ！　何？　まだ食べてないの？」

「こんにちは」

ナタリアとメグが現れた。

「待っていたんだよ。ナータ。話もあるしな」

「じゃあちょうどいい。──みんな、昼ご飯はテイクアウトにしな」

「ん？」

「あ？」

「どういうことです？」

　男三人が聞いて、

「いいから、ついてきな。──落ち着いて話ができるところに案内するよ」

　ナタリアに言われた通りに、五人は昼食を紙袋《かみぶくろ》に入れて持ち出す。

　今日のメニューは〝炙《あぶ》り焼《や》きチキンと野菜のサンドイッチ〟、または〝クラムチャウダーとサラダとパン〟だった。

　皆《みな》サンドイッチにして、ラリーはいつも通り二つ、そしてナタリアは四つ取った。

「……いくらなんでも食い過ぎだぞ、ナータ」

「いいからいいから。──ほら行くぞ。お茶は向こうでいれるからいい」

　そして五人は、

「あそこ……、仲間にいれて欲しいな」

「行ってくれれば？」

「あの眼鏡の人、怖《こわ》そう」

「というか、いつからあの人達はあんなに仲良くなったの？」

「ほんと不思議《ふしぎ》。接点《せってん》なさそうなのに。ずるいよね。格好《かっこう》いい男子ばかり引き連れて」

「え？　あの金髪《きんぱつ》格好いい？」

「んー？　悪くないんじゃない？」

そんな、演劇部女子のひそひそ声を背景《はいけい》に寮食《りょうしょく》を出た。

出て行く五人を、

「…………」

そばかすのソフィア副部長が、複雑な表情で、無言《むごん》のまま見送った。


一行は寮を出て、晴れた空の下で芝生《しばふ》の校庭を横切り、

「どこまで行くんだよ？　ナータ」

「いいからいいから。一応《いちおう》男なら黙《だま》ってついてこい」

ナタリアの先導《せんどう》で行進をする。

セロンは、メグの二メートル後ろから、

「…………」

メグと同じように、黙ってついていった。

やがて一行がたどり着いたのは――

「やっぱりここか」

「分かっていたのか？　セロン」

「お茶をいれられるとしたら、職員室脇《わき》の給湯室《きゅうとうしつ》かここくらいだからな」

「なるほど」

新聞部の部室の前だった。

「来たのですよー」

メグが小さくドアをノックすると、

「はいはーい」

中からジェニーの声が聞こえ、鍵《かぎ》が、続いてドアが開いた。

「よっ！　おそろいで。まあ入った入った。――入室を許可《きょか》する」

「ほらよ。ママからのおみやげだー」

ナタリアが、サンドイッチが二つ入った紙袋《かみぶくろ》をジェニーに渡《わた》す。

「ありがと」

ジェニーは礼を言って受け取ると、くるりと小さな体を回転させ、室内へ向けて、

「さあ、お待ちかねのご飯だよ！」

「おっ！　ありがとよ。〝第四〟のは美味《おい》しいんだってな！」

ジェニーへの返事の主へと、ドアをくぐった男三人が顔を向けた。

新聞部部室のソファーに、マグカップを手にしたハートネットが座《すわ》っていた。上げた髪《かみ》と険《けわ》しく見える顔はそのままだったが、口調《くちょう》や態度《たいど》はとても人当たりがいい。

「おや。どちら様で?」

ニックの冗談《じょうだん》に、

「これが本当の姿《すがた》だよ」

ワイシャツにネクタイ姿のハートネットは、笑いながら答えた。紺色《こんいろ》の背広《せびろ》の上着は、部屋《へや》の脇《わき》にある洋服掛《か》けに掛かっていた。

ジェニーが指示《しじ》を出す。

「みんなはソファーに適当《てきとう》に座って。今お茶をいれるわ。美味《おい》しいわよ。カップはそろってないけど、まあ気にするな。一番変なやつはラリーに回す」

「構《かま》わないが、現像液《げんぞうえき》とか混《ま》じらないように頼《たの》む」

「その手があったか」

「おい」

「安心しろ。液は一滴《いってき》たりとも無駄《むだ》にしないのがわたしの主義だ」

「そうかい……」

ソファーは六人でちょうどなので、ハートネットがソファーから立って、すぐ近くのイスに座った。机の上にサンドイッチを広げ、すぐさま食べ始める。

「うん、美味《うま》い！　お前らいつもこんな美味いものを食べているのか！　羨《うらや》ましいぜ」

そうして、皆《みな》にお茶がそろう前に、ハートネットはサンドイッチを一つ綺麗《きれい》に平らげてしまった。

ジェニーがお茶をみんなの前に置いて、自分もソファーに座る。

男子三人と女子三人と、向かい合わせに座っていた。真ん中にセロン、そしてメグ。ジェニーの対面にニック。

ジェニーが運んできたカップには種類があって、ラリーのはやや小さめで、ピンク色の可愛《かわい》らしいお花が全面にあしらわれていた。

「オレがこれかよ」

ラリーへと、ニックがセロン越しに声をかける。

「それは〝ルースレッセル〟のカップですよ」

「いや、知らんが。地名か？」

「ええ。その地で作られた有名な白磁《はくじ》です。一客で大衆車《たいしゅうしゃ》が一台買えます」

「うげっ！」

伸ばそうとした手を引っ込めたラリーだったが、ジェニーは事もなげに言う。

「気にするな。家で使っていなかったのを適当に持ってきただけだ。どうせ他のは割れてあぶれたんだ」

「あっそ……」

「さて、お待たせ。食べましょう」

ジェニーがそう言って、率先《そっせん》して美味《おい》しそうに食べ始めた。

五人も、それぞれに食前の祈りを捧《ささ》げたりそれを待ったりした後、サンドイッチに口をつける。

「みんな。食べながらでいいから聞いてくれ――」

ハートネットがイスを回転させ、六人を見ながらそう切り出した。

ジェニー以外が、首を横に向ける。

「うん。美味しい美味しい」

ジェニーはサンドイッチを満喫《まんきつ》していた。小動物が木の実をかじるように、小さな口で端《はし》からさくさくと食べていく。

「今朝早くのことだ。スー・ベー・イル大使館から、連邦《れんぽう》警察本部に連絡が入った」

ハートネットの言葉に、セロンの手が止まった。

「いいから、食べていてくれ。まずは報告《ほうこく》だから」

「はい」

セロンがサンドイッチをかじり、その頬《ほお》にソースが少し付いた。親指でぬぐって、舌《した》でなめた。

「それによると……、〝例のスー・ベー・イル人の男は、ロクシェ人の元兵士バート・マードックではないと公式に確認《かくにん》された〟そうだ。確認方法は知らないが、まあそういうことになった」

メグがもぐもぐと噛《か》みながら嬉《うれ》しそうな顔をして、隣《となり》からナタリアが訊《たず》ねる。

「美味しい？」

「とっても！」

ハートネットが続ける。

「警察としては、大使館にそう言われては返す言葉もない。マーク・マードックは、お馬鹿な勘違《かんちが》い野郎として、今もお灸《きゅう》を据《す》えられている。そんなはずはないと何度も叫《さけ》んだが……、歴史的にそうなったんだから仕方ないだろうよ。まったくよ」

「困《こま》ったことだなあ」

頬を腫《は》らしたラリーが、食べながらそう言って、それから少し笑った。

「それで、自分はどうなったかというと――、まあ、迅速《じんそく》に事件を解決したとのことで偉《えら》い方に誉《ほ》められたよ」

「良かったですねえ」

ニックが食べる合間《あいま》にそう言った。ハートネットは色々と諦《あきら》めた表情で、

「そういうことにしておく。報告《ほうこく》は以上だ」

メグが、目の前にいるセロンに瞳《ひとみ》を向けて、食べかけのサンドイッチを紙袋《かみぶくろ》に置いた。

「セロン君達は、あの後……。大丈夫《だいじょうぶ》でしたか……？」

サンドイッチを食べ終えたセロンは、丁寧《ていねい》な口調《くちょう》で答える。

「大丈夫だよ。質問が長くなって夜遅《おそ》くなっただけだ。最後は大佐さん自ら見送ってくれたし、学校までのタクシー代も向こうが出してくれた」

「そうそう。普段《ふだん》なら絶対《ぜったい》に見られない大使館の奥《おく》に入れて、結構《けっこう》楽しかったぜ。メグミカさんが気にすることはないって」

ラリーが説明を足して、

「そうですか。それは良かったです。私の方は、父に危《あぶ》ないことはするなと言われましたけど、でも、今日の朝に、大佐さんから電話で……」

メグの言葉が涙声《なみだごえ》に変わって、瞳が一瞬《いっしゅん》で潤《うる》んだ。

「平気？　言いたくなければ別にいいよ」

ナタリアが言ったが、メグは両手の人差し指で片方ずつ涙をぬぐった後、

「はい、大丈夫です。大丈夫です。——大佐さんは、私に伝えてくれました。あの人から、私達に、みんなに言づてがありました」

セロンが訊《たず》ねる。

「……なんと？」

「はい……。あの人はこう言いました……。『ロクシエにもまだいい人がいたのが分かって嬉《うれ》しかった。ありがとう』って」

「…………。〝ロクシエにもまだ〟か……」

セロンはそうつぶやくと、灰色《はいいろ》の目を閉じた。

短い瞑想《めいそう》を終えると、セロンは、

「スー・ベー・イルには一度行ってみたい。その時、あの人に会えるといいな」

「そうですね！」

メグが、先ほどまでとはうってかわった明るい声を出して、

「その時は、私が一緒《いっしょ》についていって同行して通訳しますよ！　セロン君」

先ほど閉じた目を丸くして、

「え？　……ああ、うん。……その、頼《たの》む。えっと……、任《まか》せます」

セロンが、とぎれとぎれに答えた。

「任されました！　楽しそうですね！」

嬉しそうなメグの隣で、サンドイッチを食べながら、

「鈍感《どんかん》」

ジェニーがぼそっと言ったが、誰《だれ》にも聞こえなかった。

全員が食事を終えて、二杯目のお茶を飲み始めて、

「ところで……、自分が足を運んだのにはもう一つ理由があってね」

ハートネットがそう切り出した。

「一件の守秘義務《しゅひぎむ》ってことでしたら、みんな守ってくれると思いますよ。どのみち証拠《しょうこ》もないですから、活字にしたって信じてもらえませんし」

ニックが言って、ジェニーが彼を睨《にら》む。

「それはわたしに対する皮肉《ひにく》か？　それとも挑戦《ちょうせん》か？　男女」

「ニックですよ」

「知ってる。言わなかっただけだ。わたしは口が堅《かた》いんだ」

「それは面白《おもしろ》いです」

ハートネットは、いや違《ちが》う、と割って入って、

「みんなを疑ってはいないよ。新聞部のお嬢《じょう》ちゃんも」

「ジェニーよ」

「ジェニーもね。それとは別のことだ」

ナタリアが聞く。

「なんだい？　警官からの頼《たの》まれ事《ごと》って、あんまりいいイメージはないんだけど」

「まあ、これは言うのもすごい格好《かっこう》が悪いことなんだが……」

ハートネットはそう前置きして、ジェニーを除《のぞ》く全員の注目を浴びた。

そして、近所の酒屋にお使いを頼むような気軽さで、ハートネットが言う。

「何かあったら、協力して」

「はい？」「え？」「は？」「何？」「はい……？」

セロン、ニック、ラリー、ナタリア、そしてメグと、疑問を思い思いに口に出した。

「なんですか、それ？」

「いやね、セロン君。セロン君が昨日言った通りでね――」

「学校は警察とはいえ手を出しにくい、と」

「そう。特に上級学校はね。そして、特に金持ちや有名人の子弟が多いこの第四上級学校はね」

全員が、押《お》し黙《だま》ってその言葉に同意した。

「もちろん、被害届《ひがいとどけ》が出された時や、どこからどう見てもあからさまな事件の時は入るよ。でも、兆候《ちょうこう》だけとか、巧妙《こうみょう》に隠蔽《いんぺい》されているとか、今回みたいに裏付《うらづ》けのない情報だけだと、とても苦労するんだ」

「それで、俺達に協力をと？　それはちょっと――」

「他力本願《たりきほんがん》すぎやしないかい？」

セロンとナタリアが言って、ハートネットはあっさりと認《みと》める。

「確《たし》かに。自分もそう思うよ」

「あれ？」

ナタリアが首を傾《かし》げた。

「でもね、これだけは忘《わす》れないでいて欲しい——。〝警察〟というこのろくでもない連中が動く時は、それは誰《だれ》かが被害《ひがい》に遭《あ》っている時なんだよ。事件が公《おおやけ》にならなければ、その人はずっとずっと、それこそあの人のように、辛《つら》くて悲しくて泣いている時なんだ。誰かが、辛く悲しい思いをし続ける」

急に重苦しい声を出したハートネットに、皆《みな》は再《ふたた》び無言《むごん》で答える。

「君達が、毎日過ごす学校でそんなことが起きているのを気にしないというのなら、それでもいいさ。自分のことは綺麗《きれい》さっぱり忘れてくれ。今日は、作業が中断《ちゅうだん》してそのお詫《わ》びに訪《おとず》れたということで校内に入れたけど、そんな嘘《うそ》を並《なら》べなければ楽園の敷居《しきい》をまたげない哀《あわ》れで可哀相《わいそう》な木《こ》っ端《ぱ》役人のことは！」

あんたが演劇部に入ればいい。ラリーはそう思ったが、言わなかった。

長らく、部屋《へや》に静かな空気が流れて、

「私は協力します！」

それをソプラノが打ち破った。

ソファーからすっくと立ち上がってメグはそんなことを言って、全員の注目を浴びる。

「私は、今回みたいなことはあってはならないと思います！　誰かが近くで泣いているのでしたら、その人に手を伸ばすのが、人としていいことだと思います！」

メグの力説に、

「そいつは素敵《すてき》ですのだ！　お嬢《じょう》さん！」

ハートネットはイスから立ち上がると、頭の上で手を叩《たた》いて喝采《かっさい》した。同時に、全員の注目をメグからかっさらった。

「今、なんて言った？」

ラリーが訊《たず》ねた。

ラリーに顔を向けられた相手が、つまりベゼル語がある程度《ていど》分かるジェニーが答える。

「〝いいことだ〟ってことでしょ」

目を丸くしたメグが、ハートネットにベゼル語で話しかける。

「あれ？　ハートネットさんは、ベゼル語ができるんですか？」

「ほんの、とても少しだけです。私は、だ、大学で、外国語を勉強した。警察官には、これから広い世界で、仕事がたくさんあるでしょう」

「驚《おどろ》きました！　――私は賛成ですよ！　もし何かあったら、遠慮《えんりょ》なく私に連絡をください。できる限り協力しますよ！　それはもう！　善良な市民の義務《ぎむ》ですから！　大陸のどちら側にいようとも、それは変わりません！」

「すばらしい！　あなたは良い市民の鏡だ！　です！」

「いえいえ、それほどでも！」

ラリーが、セロンを肘《ひじ》でこづいて、

「おい……。なんかひどく盛《も》り上《あ》がってるぞ。いいのか放っておいて」

「………」

反対側から、ニックがセロンを肘でこづいて、

「セロン。僕は面白《おもしろ》そうだと思いますけど」

「………」

ばん。

セロンが、テーブルを両手で叩《たた》きながら立ち上がった。

「お？」「ん？」

すでに立ち上がっていた二人がセロンに顔を向けた。

セロンは、すうっと息《いき》を吸い込むと、

「いいでしょう」

ロクシエ語で言う。

「何かあったら、協力しましょう。――ロクシエにもまだ善良な市民はいるんです！」

「おっ！　それは助かる」

「そうですよ！　セロン君はとてもいい人です！　そういう人は、私は好きです」

「…………」

幸せのあまりふらついて倒《たお》れそうなのを必死で我慢《がまん》して、結果押《お》し黙《だま》ったセロンを見上げながら、

「あーあ……」

ラリーがため息。

「じゃあ、いいのね。他のみんなはどうなの？」

ジェニーが訊《たず》ね、

「ま、勉強の邪魔《じゃま》にならない程度《ていど》にならね。部活をさぼる理由になるともっといい」

ナタリアが、

「セロンはオレの親友だ。つきあうぜ」

ラリーが、

「それなら僕は、二人についていくということでどうでしょうか？」

そしてニックが答えた。

「無理にとは言わないぞ、ニック」

「またまた。僕達はもう親友ですよ、ラリー」

ぱしん、とジェニーが柏手《かしわで》を打って、

「よっし決まり。お前ら五人、全員新聞部に入れてあげる！　入部おめでとう！」

セロンとナタリアは疑問で眉《まゆ》をひそめ、ラリーはそれを口に出した。

「はあ？」

「はあ？　じゃないわよ。さっきみんなが来る前に警官さんと話したんだけどね、皆《みな》がまとまっていて、情報を受け取ることができる場所が必要でしょ？」

「だからって、ここか？」

ラリーが問い返して、ニックが答える。

「でも、僕にはここが最もふさわしい場所に思えますけどね。——まず皆が集まれて、そして周囲《しゅうい》からは隔絶《かくぜつ》し、しかも電話という通信手段《しゅだん》があり、そして何より、証拠《しょうこ》になり得《う》る写真を自らの手で撮《と》って現像《げんぞう》することができる場所です」

「まあ、確《たし》かに……」

ラリーが漏《も》らした。

「だから！　この部屋《へや》の鍵《かぎ》を渡《わた》すために、全員部員にしてやる。他の部活との掛《か》け持《も》ちは問題なし。それで万事解決よね。新聞部も晴れて幽霊部《ゆうれいぶ》脱出《だっしゅつ》だわ！」

目を輝《かがや》かすジェニーに、眼鏡で長身の少女がぽつりと、

「自覚《じかく》はあったのね、ジェニー」

「まあねー。この部屋は騒《さわ》いでも大丈夫《だいじょうぶ》だから、楽器を弾《ひ》きたければ存分《ぞんぶん》にどうぞ。ナーシャ」

「乗った。ギターを弾きに来てやる。――副部長にしろ」

「はい決定。要職《ようしょく》はあとは会計だけよ。誰《だれ》か立候補《りっこうほ》は？」

ジェニーが見渡《みわた》して、

「セロン、お前がやってくれ。オレはいい」

「僕も遠慮《えんりょ》します」

「…………」

言葉を失ったセロンだったが、自分を期待の眼差《まなざ》しで見つめるメグと目が合い、

「わ、分かった……」

あっさりと陥落《かんらく》した。

「決まりね。――というわけで、新聞部はここに新たに生まれ変わりました！」

ジェニーの演説が始まる。

「これからは、学校内をくまなく取材《しゅざい》し、情報を集め、発表していきたいと思います！　真実はわたし達の手の中にある！」

ぱちぱちぱち、ニックが笑顔《えがお》で拍手《はくしゅ》し、まあまあまあ、とジェニーが照れながらそれを制する。

「青春するのは構《かま》わないが、協力も忘《わす》れないでくれよ」

後ろからハートネットが言って、

「もちろん。ここにいる少年少女は〝いい人〟ばかりよ」

「大人は入らないのか。まあいいか……」

ハートネットはそうつぶやくと、イスを元に戻《もど》し、掛《か》けてあった背広《せびろ》の上着を手に取った。

「さて、協力を約束していただけたようなので、自分は仕事に戻るよ。サンドイッチ美味《おい》しかった。――また連絡する。夏休み中になるか、新学期になるかは分からないけどね。見送りはいいよ。それじゃあ」

手を振《ふ》りながら、ハートネットはドアを開けて出ていった。

それがぱたんと閉まってから、

「………………」

セロンはぺたんと、ソファーに腰《こし》を下ろした。

「………………」

メグもまた、その対面に座《すわ》り、自然とセロンと目が合って、

「頑張《がんば》りましょう！」

「え？　はい？」

「人の役に立つことを、頑張りましょう。みんなで！」

「……あ、うん。分かった」

「みんなで手を合わせましょう！」

メグが、テーブルの上に細く白い手を伸ばした。

「さあ！　私の手の上にみんなの手を。そして、新しい新聞部の結団式をするのです。〝えいえいおー！〟をするのです！　やりましょう！」

「…………」

ラリーがセロンの手を摑《つか》んで、

「ほら、お前からだ」

メグの手の上に運んだ。

「…………」

自分の手のひらとメグの手の甲《こう》が触《ふ》れた瞬間《しゅんかん》、セロンの頰《ほお》が小さく動き、――そして誰《だれ》もそれに気づかなかった。

「じゃ、次はあたしかね。男同士で重ねたいのを阻止《そし》する」

ナタリアの細長い手が、セロンの手の上に載《の》って、

「じゃあオレか？」

ラリーの逞《たくま》しい手がその上へ。

「じゃあわたしか」

次いでジェニーの小さい手が、

「そして最後に僕が」

その上にニックの綺麗《きれい》な手が。

こうして六人の手が重なると、メグが、

「えへへ。少し重いですね。みんなの重みですね。いきますよ、いきますよ。――新聞部のために――！　えい、えい、おー！」

そうして上下に振《ふ》られた手のひらが一斉《いっせい》に散らされて、

「…………」

セロンは、自分の右手をじっくりと握《にぎ》りしめた。

「ところでさ――」

ジェニーがぽつりと言う。

「そろそろ昼休み時間終わるけど、いいの？」

え？　と五人が見事《みごと》に声をそろえて、壁《かべ》の時計を見て、

「わっ！　クランツ先生にどやされるぞ！　急げセロン」

「ああ、これはまずい！」

「僕も……、急がなければ」

「走るよ、メグミカ」

「は、はい！　でも、ああ、置いていかないでください……」

そして五人は、それぞれジェニーに挨拶《あいさつ》を残して、どたばたと部屋を出ていく。

「はーい、まったねー」

ジェニーがそれを、ソファーに座《すわ》りながら自分のカップを手に見送って、再《ふたた》びぱたんと閉まったドアを見て。

「しばらく、退屈《たいくつ》はしないですみそう」

それからお茶を飲み干した。

「セロンの夢」

「セロンの夢」

俺の名前は、セロン。

フルネームはセロン・マクスウェル。現在十五歳。上級学校に通う三年生だ。世界暦三二九〇年の第三の月、その三日に生まれた。

世界唯一《ゆいいつ》の大陸の東半分を占める、ロクシアーヌク連邦《れんぽう》（通称〝ロクシェ〟）で生まれた。

その時にはすでに、西側のベゼル・イルトア王国連合（通称〝スー・ベー・イル〟）との戦争状態は終わっていて、世界はかつてないのんびりとしたムードにあった。

幼《おさな》い頃《ころ》のことは詳《くわ》しく覚えてはいないが、しばらくの間、裕福《ゆうふく》な家のお坊ちゃまだった。四歳の時に父親の浮気《うわき》によって両親が離婚《りこん》して、母と、生まれたばかりの妹と一緒《いっしょ》に母の故郷《こきょう》に引っ越すまでは。

その時以来、名字はマクスウェルになった。母は慰謝料《いしゃりょう》を元手に冷凍《れいとう》食品ビジネスを始め、あれよあれよという間《ま》に大成功してしまった。

最初は小さな下町のアパート、次いで普通《ふつう》のアパート、そして広い豪華《ごうか》なアパート、やがては賃貸《ちんたい》の一軒家《いっけんや》、最後は高級住宅地の豪邸《ごうてい》と、俺たちの生活の場は、呆《あき》れるほどの速度で変わった。

　下町のアパートで近所のおばさん達に育てられていた俺や妹には、やがて家政婦《かせいふ》さんがつい て、そしてメイドと執事《しつじ》に変わった。どんどん変わっていく環境《かんきょう》が不思議《ふしぎ》でもあり楽しくもあった。

　しかし、幼年学校（小学校）では浮《う》いた存在《そんざい》だったと思う。下町の子が多い幼年学校で、ボディーガード付きの車で通っていたのは俺（と妹）だけだ。決して疎外《そがい》されていたわけでもないが、どこか距離《きょり》を置かれていたような気がする。

　おかげで勉強に身が入り、成績だけはいつも良かった。大学進学を見越《みこ》して、十二歳から上級学校に通うことになった。ロクシェでは上級学校に行かなければその先の進学はない。ほとんどの友人は職業訓練校に行くことを選んだ。

　そしてその際《さい》に、

「ねえセロン。あなた、首都の上級学校に行くのはどう？」

　母からそう提案《ていあん》された。

　地元の学校より、お金持ちの子弟《してい》が集まる首都の上級学校の方が、勉強も、リラックスも、そして同じ境遇《きょうぐう》の友人もできるだろうと。

　俺はその意見に賛同して、ロクシェ首都特別地域《ちいき》にある、中でも一番有名な第四上級学校に通うことになった。

ロクシエ首都は、故郷《こきょう》からは数百キロ離《はな》れている。夜行列車で一晩の距離《きょり》だ。通うわけにはいかないので、学生寮《りょう》に入ることになった。

俺は夢を見ていた。

ふと気がつくと、十二歳の俺が、寮の玄関《げんかん》に立っていた。

一人で、上級学校の制服を着て、手には鞄《かばん》を持って。

新寮生を歓迎する先輩達、そして受付をする寮母《りょうぼ》さん達の声が聞こえる。入寮式だ。

ふと横を見ると、

「よっ！　セロン！」

親友のラリーの、やっぱり十二歳だった頃《ころ》の顔がある。やや大きめのブレザーの制服を着た、金髪碧眼《きんぱつへきがん》の少年がいる。

記憶《きおく》が確《たし》かなら、この時はまだ、俺はラリーと知り合ってはいない。

代々軍人の家系の、陽気《ようき》で気のいいラリー・ヘップバーンとは、この後始まる最初の授業で、席が隣《となり》になったことで知り合ったはずだ。

入寮式で俺は、制服ではないブレザーを着て、青いスーツをびしっと着こなした母と一緒《いっしょ》だったはずだ。

そうか――、これは夢か。

十五歳の俺は、今は夢を見ていて――

記憶がごっちゃになって、いろいろと混《ま》ざっているのか。

それならば問題はない。

俺は本来そこにいなかったはずの、〝ヘップバーン〟と胸《むね》に書かれたトレーニングウェアを着た、今より三歳若い親友に挨拶《あいさつ》を送る。

「また会ったな。これからもよろしく頼《たの》む」

「ああ。よろしくな！　後で〝初めて〟会おうぜ！」

ラリーが挨拶と共にかき消えて――


気づくと俺は教室にいた。

夏服を着たラリーの隣で、国語の授業を受けていた。マードック先生の声が聞こえた。

上級学校は、勉強をするにはいいところだった。

将来大学に進み、やがてはロクシエでのエリートを目指す人間が集まるところだ。学習室や図書館などの設備《せつび》や、周《まわ》りから隔絶《かくぜつ》された環境《かんきょう》は申し分がなく、何より他の生徒達に（当たり前といえば当たり前なのだが）勉学意欲がある。

名の知れたお金持ちや有名人の子弟《してい》が多いので、俺が〝マクスウェル冷凍食品《れいとう》〟の御曹司《おんぞうし》だと知れても、一番に驚《おどろ》かれるのは、とても遠いところから来ているということだ。

それより、別の問題があった。

「ねえ、セロン君。わたしの家のパーティーに来ない？」

「マクスウェル君……。一緒《いっしょ》に昼食をどうですか？」

「セロンって、好きな女の子とか、いるの？」

入学してすぐの頃《ころ》から、妙《みょう》に頻繁《ひんぱん》に、女子生徒に声をかけられた。

好きな女の子はいなかったのだが、なぜそんなことを訊《たず》ねるのか全く意味が分からなかった。

その話をラリーにすると、彼はしばし呆然《ぼうぜん》として、

「お前、気づいてないのか……？」

何に？

「気づいてなかったのか！　やっぱりな！　いや、実にお前らしい。気づいてなかったんだな！」

いや、だから……、何に？

「つまりは、お前がかなり格好《かっこう》いいってことにさ！」

…………。

どうもそういうことらしい。

今まで考えたこともなかったが、俺は〝格好いい〟らしい。そして女子に〝もてる〟らしい。

「せっかく首都に行くんだから、もっとモダンにしましょうよ」

母にそう言われ、幼年学校の時は味気《あじけ》ない坊主頭《ぼうずあたま》だった髪《かみ》を伸ばしたのが理由なのか、俺は〝とても格好のいいセロン・マクスウェル〟として、皆《みな》に認識《にんしき》されてしまった。

授業で一緒になった女子に——

校庭ですれ違《ちが》った女子に——

学食で会った女子に——

同じ寮生《りょうせい》の女子に——

時に同級生に、時に先輩に、二年目以降《いこう》は後輩《こうはい》に、

「わたしと、つきあってください！」

一体、何度声をかけられたことか。

そのたびに、俺は必死になって謝《あやま》らなければならない。

「はあ……」

「疲《つか》れてるな、セロン。また謝ったのか」

「ああ……。〝つきあう〟って、なんだろうな？　ラリー」

「そりゃ……、あれだ……、恋愛感情がある二人が、二人だけの時間を過ごすことだろう」

「〝恋愛感情〟ってなんだ？」

「………。えっとだな……、この人と一緒《いっしょ》にいることが、他の誰《だれ》と一緒にいるより心地いいとか、そんな感じか？　たぶん。おそらく」

「なるほど……。だとしたら……、俺にはまだそれはない」

「……まあなんだ、断《ことわ》る時に相手を傷《きず》つけないことだけは忘《わす》れちゃ駄目《だめ》だ」

「詳《くわ》しいんだな」

「雑誌に書いてあった」

「……分かった。しっかりと謝《あやま》って、しっかりと断るつもりだ」

　そうして、俺は一体何人断ってきたことか。

ラリーとの会話で知ったのだが、たいていの恋愛は〝一目惚《ひとめぼ》れ〟から始まるらしい。

だから告白《こくはく》された時は、

「あなたを見て、今あなたに一目惚れはしませんでした」

　正直にそう言うことだけは、避《さ》けてきた。

「正解だな、セロン。それ言ったら刺《さ》されるぞ。——まあなんだ、そのうちおまえのお眼鏡に適《かな》う可愛《かわい》い子が見つかるさ」

　夢の中でもラリーは頼《たよ》りになる。ちなみに今は汗《あせ》が染《し》みこんだTシャツを着ている。

　そうして、上級学校での日々は過ぎていき——

俺は三年生になった。

そして彼女に会った。


「なるほど、一目惚れとはこういうことなんだな。至極納得《しごくなっとく》した」

などと素直に感動する余裕《よゆう》はなかった。

世界暦三三〇五年が始まって、三年の初学期が始まって、美術科の選択で絵画を選び、学期が少し過ぎてからその授業が始まり——

左隣《ひだりどなり》に、美術室の隅《すみ》に座《すわ》ろうとしている女子生徒を見た瞬間《しゅんかん》に、世界が変わった。

長い黒髪《くろかみ》をお下げにした、白い肌《はだ》と黒い瞳《ひとみ》の女子が、一人で光《ひか》り輝《かがや》いていた。

可愛かった。素敵《すてき》だった。美しかった。

この世界に、こんな素敵な人間がいるのかと思った。

夢を見ているのかと思った。

実際《じっさい》は、今の俺がその時の夢を見ているわけだが。

「そうだ！　それが一目惚れってやつだ、セロン！」

絵画ではなく音楽の授業を取ったので当時はそこにいなかったラリーが、〝陸軍〟の文字が入ったえんじ色のタートルネックセーターを着て、俺の隣でささやきかけていた。

「ど、どうすればいい……？」

俺は夢の中のラリーに訊《たず》ね、

「どうもこうもあるか。まずは話しかけろ。基本だろ？」

「そ、そそそそ、そうだな」

「この人のことをもっと知りたいだろ？」

「ああ。ああ」

「では話しかけろ。セロン・マクスウェル。今まで自分がされたように、話しかければいい。全てはそれからだ。さあ、〝話〟を始めろ」

先生が入ってきて、いるはずのないラリーなど無視《むし》して、最初の授業を始める。

茶色のコートを羽織《はお》ったラリーは、

「それ！　話しかけろセロン！　話しかけろセロン！」

大声でそう叫《さけ》びながら、そして頭の上で手を叩《たた》きながら応援《おうえん》してくれている。

しかし、先生が喋《しゃべ》っている間に話しかけることはできない。

「知ったことか！　先生なんか無視しろ」

それはまずい。

「夢の中でも真面目《まじめ》だなあ、おまえは」

先生が簡単《かんたん》な学期のスケジュールを発表した後、ペアになってお互《たが》いの顔を描《か》くように指示《しじ》を出した。

「それ！　千載一遇《せんざいいちぐう》のチャンスだぞセロン。隣《となり》なんだから自然と話しかけろ。ほら、彼女はどこか自分からは話しかけにくそうな雰囲気《ふんいき》だぞ。おまえが助けてやれ。確《たし》かおまえは絵も上手《うま》かったよな」

「そ、そうだな……」

俺が話しかけるためにつばを飲み込み、暴《あば》れている心臓を押《お》さえ込《こ》もうと息《いき》を吸った瞬間《しゅんかん》だった。

「メグミカさんはスー・ベー・イルから来ているから、誰《だれ》かペアになってあげて」

先生が、いきなりそんなことを言った。

その瞬間《しゅんかん》、目の前のお下げの女子が、びくりと小さく震《ふる》えた。

「……？」

話しかけるタイミングが、半秒ほど遅《おく》れた。

そして、

「××××××××××××××」

宇宙語が聞こえた。

人間の言葉だとは分かったが、何を言っているのかさっぱり分からない音声が、声からすると女子生徒から発せられて、目の前のお下げの少女が、黒い瞳《ひとみ》を丸くして、声の主を、右斜《みぎなな》め前で立ち上がった女子生徒を見ていた。

「——！」

栗毛《くりげ》の長い髪《かみ》を持った、恐《おそ》ろしく活発そうな、一言で言うなら——

〃強そう〃な女子だった。

「何をやっているんだ？　今からでも話しかけろ！」

制服を着ているラリーにどやされながら、俺は適当《てきとう》にペアになった男子生徒の顔を描《か》いていた。

お下げの女子と強そうな女子は向かい合い、ひっきりなしに何かを喋《しゃべ》りながら、お互《たが》いの絵を描いている。

聞こえるのだが、何を喋っているのか全く分からない。

分からないが、楽しそうに盛《も》り上《あ》がっている雰囲気《ふんいき》は伝わる。

悔《くや》しかった。

すぐ近くにいるのに、彼女が何を喋っているのか分からない。

すぐ近くにいるのに、彼女に何も喋りかけることができない。

何もかもが悔しいまま、授業は終わってしまった。

最後に俺が書いた絵を見た男子生徒は、

「上手《じょうず》だなあ……、君は、プロの絵描きが夢なのかい？」

そんなことを聞いてきたが、そんなつもりはない。

そして彼が、

「まあ、こっちはあんまり上手じゃないんだけれど……、下手《へた》なりに頑張《がんば》ってみたつもりだ」

そう言って見せてくれた俺の顔は――

泣きそうな顔をした少年の絵だった。


結局、夏休み直前まで続いた絵画の授業で知り得たのは――

彼女の名前がシュトラウスキー・メグミカさんだということと、スー・ベー・イルより転校してきたことだけだった。

授業中、ほとんどの時間彼女は例の栗毛の強そうな女子と喋るだけで――

ずっと宇宙語を喋る二人には、近寄りがたい雰囲気があった。

二人は二人で楽しそうに見えて、それを邪魔《じゃま》しようとは誰《だれ》も思わなかった。

俺は、最初にペアになった男子とそれなりに話し、そこに別の女子が加わり――

幾人《いくにん》かから告白《こくはく》されて断《ことわ》りながら、学期を過ごした。

「まったく、俺が助けてあげられたらなあ」

ラリーはずっとそう言っていたし、今もそう言ってから霧《きり》のように消えた。

ラリーが消えて、教室が消えて、三年になった俺は何もない暗い場所に一人で立っている。

邪魔《じやま》する者は誰《だれ》もいない。

今、目の前にメグミカさんが現れたら、話しかけて告白《こくはく》できるのに。

「いや、無理だよ」

後ろから声をかけられて振《ふ》り返《かえ》ると、そこにはしょっちゅう女子から告白されている男子生徒がいた。

夏服を着た、黒い髪《かみ》の、灰色《はいいろ》の目をした少年の姿《すがた》があった。

そいつは——

セロン・マクスウェルは——

俺は——

無表情のまま俺に言う。

「お前には無理だ。——もう諦《あきら》めろ。——駄目《だめ》なんだよ」

ひどい夢だ。

もう嫌《いや》だ。

目を覚《さ》ましてしまいたい。

「もう駄目なんだよ。——おまえはもう駄目なんだ」

いいや、俺は——

＊　＊　＊

目を覚ますと、そこは部屋《へや》だった。

俺は横長のソファに座《すわ》っていて、対面に置かれたソファと、その向こうにある棚《たな》を眺《なが》めていた。窓からの光で、部室内は明るかった。

起きたばかりの頭が、そこがどこか、今がいつかを認識《にんしき》する前に、

「大丈夫《だいじょうぶ》ですか？　セロン君。——少しうなされていたみたいなのですが」

頭の左横から、女子の声が聞こえた。

ゆっくりと左に顔を振《ふ》ると、

「！」

メグミカさんの心配そうな顔がそこにあった。覗《のぞ》き込《こ》もうとしていたのか、距離《きより》は数十センチという近さで。

大きな黒い瞳《ひとみ》が、まっすぐに向けられていた。

「大丈夫《だいじょうぶ》」

俺はすぐに答えた。これは夢の続きだ。

「大丈夫だ。——俺は、大丈夫だ」

「本当ですか？　あまり根《こん》を詰《つ》めないでくださいね」

メグミカさんの優《やさ》しい声を聞きながら——

俺は今自分がどこにいて、何をしようとしているのかを思い出していた。

俺の名前は、セロン。

フルネームはセロン・マクスウェル。現在十五歳。上級学校に通う三年生だ。

「ラリーとセロン」

「ラリーとセロン」

むかしむかし――、具体的には、世界暦三三〇三年、第一の月の話です。

あるところに――、具体的には、ロクシアーヌク連邦《れんぽう》の首都特別地域《ちいき》に、一人の少年がいました。

少年の名前は、ラリー・ヘップバーン。

ラリーの年齢は十二歳。幼年学校を去年の年末に卒業し、今年から上級学校の生徒になりました。

体格は同年代より小柄《こがら》ですが、言《い》い換《か》えればチビですが、毎日運動をして鍛《きた》えていますので体つきはしっかりしていました。髪《かみ》は金髪《きんぱつ》を短く刈り上げ、瞳《ひとみ》は晴れた空のような蒼《あお》でした。

おろしたてのブレザーの制服を着たラリーは、真新しい革鞄《かわかばん》一つを手に、学校脇《わき》の道路から、これから通う第四上級学校の校門へと歩いていきます。

「よし！　今日からオレは上級学校生だ！」

そんな意気込みが、ラリーの口から漏《も》れました。

この日は登校二日目。先日は両親同伴《どうはん》の入学式とオリエンテーションだけでしたので、実質今日が勉学の初日です。上級生達の本年度初日でもあります。

ラリーは校門の前にある送迎用《そうげいよう》ロータリーに足を踏《ふ》み入《い》れて、

「オレはやるぞ！」

気合いと共に校門へと向かい――

「うぎゃあ！」

そこで、自分より背《せ》の高いたくさんの生徒達にもみくちゃにされました。

上級学校の朝の校門は狭《せま》いこともあり猛烈《もうれつ》に混《こ》み合《あ》い、満員の路面電車並《な》みの状況《じょうきょう》になることを、ラリーは知りませんでした。この日に知りました。

人波にもまれて、ラリーが流されていきました。


ラリーの生家であるヘップバーン家と言えば、ロクシェ首都では名だたる武家として知られています。

ロクシェがまだ成立していなかった頃《ころ》から、当時このあたりにあった王国に代々仕《つか》えた騎士《きし》の家系です。王の時代が終わると、今度は軍人として活躍《かつやく》し、その勇名を馳《は》せてきました。

当然ラリーの父親もロクシアーヌク連邦陸軍の軍人で、ラリーも将来はそれを目指《めざ》しています。

そのためには、陸軍士官学校を出る必要がありますので、大学進学資格《しかく》を得るために上級学校に通うことになりました。

十二歳から十八歳までの生徒が、将来の進学のために通うのが上級学校です。ロクシエにおいて、上級学校に行かなければその先の進学はありません。

若者の人生はある意味十二歳で決まります。上級学校への入学試験をパスできなかった生徒は、職業訓練校に四年通い、働き始めるのが主です。

ラリー・ヘップバーンは、体力や精神力は幼少期から非常に優《すぐ》れていましたが、どうにも勉強は苦手《にがて》でした。

六歳年上の兄は楽々この上級学校に入り、入れ替わりに卒業して今年から士官学校に入学しましたが、ラリーは上級学校入学を危《あや》ぶまれます。

「まあ、上級学校が全てじゃないさ。軍人になることが全てでもない。お前はお前の道を行くのがいい」

「そうね。無理はダメよ、ラリー。無理をして若い頃《ころ》から心身を病《や》むようなことがあったらなんにもならないからね」

などと父母に優《やさ》しい口《く》調《ちょう》で言われては、負《ま》けず嫌《ぎら》いのラリーは黙《だま》っていません。

ラリーは人の扱《あつか》いがうまい父母に上手に乗せられたことに気づかぬまま、俄然《がぜん》勉学に励《はげ》み、

「ここで諦《あきら》めたら人生負け戦ですよ。お坊ちゃま！」

家庭教師にスパルタで鍛《きた》えられた結果、どうにかこうにか、本当にぎりぎりの成績で入学を

果《は》たしたのでした。

＊＊＊

上級学校は自由な、ある意味自由すぎるカリキュラムで知られています。特定の教室はありません。ロッカーに荷物を置いて、毎時間移動《いどう》します。ある程度《ていど》の必修《ひっしゅう》以外は、自分の好きな授業を自由に組み合わせて選び、取ります。教科にはレベルが決まっていて、下から順に取っていきます。

例《たと》えば必修の国語だったら、新入生用に〝国語一〇一〟という授業があり、それを選ぶように指導されます。この授業はこの学期にいくつかあります。他の取りたい授業と時間が被《かぶ》らないように組み合わせて、自分だけの時間割を作っていきます。

これが二年生になると、〝国語二〇一〟から始まる授業を取るのがオーソドックスな方法です。国語の中でも下二桁《しもふたけた》の数字が変わると、それは〝文法〟だったり、〝論文〟だったりと、教わることが変わってくる仕組みです。

科目ごとに〝数学一〇一〟や、〝社会一〇一〟などがあり、六年生が取るべきとされる〝六〇一〟まで続きます。もちろん頭が良ければ三年生が〝四〇一〟や〝五〇一〟を取っても構《かま》いません。

時間割は午前中に三つ、午後に一つか二つが通常《つうじょう》です。午前を二つに減《へ》らしたり、逆《ぎゃく》に午後を三つまで増やしたりすることもできますので、本人の意欲《いよく》と能力《のうりょく》によって組み合わせは色々です。

ラリーが昨日のオリエンテーションで選んだのは、他の新入生達と同じ一般的な時間割でした。まだシステムが詳《くわ》しく分からない新入生用に、学校が割《わ》り振《ふ》った〝パック〟の中の一つです。

「最初は……、歴史か」

ラリーが人生最初に向かったのは、〝社会一〇五〟の授業でした。科目はロクシェの歴史。古代から昨日まで、ロクシェの歴史を幅広《はばひろ》く浅く浚《さら》います。

広い上級学校の中には色々な建物《たてもの》がありますので、その中で授業を行う教室を覚え、あまり長くない休み時間の間にそこへ向かうのは、新入生にはかなり大変です。

「こっちだな」

しかし、ラリーは幼い頃《ころ》からコンパスと地図を片手に野外活動にいそしんだ結果、地図の記《き》憶力《おくりょく》と方向感覚《かんかく》が優《すぐ》れているという特技を身につけていました。

ラリーは昨日覚えた校内の配置図《はいちず》を頼《たよ》りに、誰《だれ》よりも早く教室に入りました。

教室には色々なタイプがありますが、ここは段《だん》のない床《ゆか》に個別の机とイスが並《なら》んでいました。こうなれば一番前だ、とばかりに、ラリーは中央真ん前の席を選びました。

その後、よれた制服や曲がったネクタイを直しながら待っていると、三々五々《さんさんごご》、新入生達が入ってきました。中にはここで本当にいいのか、自信なさげにラリーに聞いてくる男子もいました。間違《まちが》っている生徒もいました。教科書は最初の授業の後に買うので、みんな持っているのはノートと筆記用具だけです。

談笑をしている生徒達も少しいましたが、ほとんどの生徒には顔見知りなどいません。これから始まる上級学校生活のへの期待と不安が入《い》り交《ま》じった、奇妙《きみよう》な緊張感《きんちようかん》が漂《ただよ》っていました。

始業時間のチャイムが鳴り、迷《まよ》ったであろう生徒達が慌《あわ》てて駆《か》け込《こ》んできました。総勢《そうぜい》三十人ほど。もっともこの人数は授業によって変わりますが。

さらに迷っていた数人の生徒と一緒《いつしよ》に、先生が入ってきました。四十代の女性の先生で、優《やさ》しそうなおばさん、といった風体《ふうてい》でしたが、

「はい！　皆《みな》注目！」

出した声はかなり大きく、生徒達を緊張させました。

それから先生は、入学おめでとうの祝辞《しゆくじ》の後、これからの学校生活への注意点などを、ガシガシと機関銃《きかんじゆう》のように喋《しやべ》っていきます。

曰《いわ》く、ここは義務教育ではないのだから勉強がしたくないのならいつ辞《や》めてもいい。

曰く、出席や成績が足りなかったら遠慮《えんりよ》なく留年《りゆうねん》、退学《たいがく》になる。

曰く、もしついて行けなさそうな授業があったら、カウンセラーに相談して補習《ほしゆう》を受けるか、

一度停止《ていし》して来学期に取り直すといい。先輩達は少なからずそうしている。

曰く、来学期からの授業選択《せんたく》はうまくやらないと、卒業間近《まぢか》に慌《あわ》てることになるから気をつけろ。

そんなに一度に言われても覚えられないよとラリーが半ば呆《あき》れていた時、カリカリと執筆《しっぴつ》する音で気がつきました。

「…………」

左隣《ひだりどなり》の席に座《すわ》っている男子が、言われたことを全てノートに速記《そっき》していることに。

いつ隣に座ったのか、ラリーには覚えがありませんが、そこには同じ制服を着た、そして間《ま》違《ちが》いなく同い年の男子生徒が座っていました。

髪《かみ》の色は黒。伸ばしているのか少し長めで、今は真ん中で分けています。横から見えた瞳《ひとみ》の色は灰色《はいいろ》でした。

顔つきは整っていますが、一見するとおとなしそうな、悪く言えばひ弱そうな印象《いんしょう》をラリーは持ちました。

身長はラリーより上。といってもラリーより背《せ》の低い男子は、ひょっとしたら女子も、あまりいないようですが。

ひどく真面目《まじめ》なヤツもいるものだ、とラリーは思いながら、それ以上は特別気にもとめず、前に向き直りました。

先生のマシンガントークは続き、隣の生徒がノートに万年筆を走らせる音も続きました。

そうして授業時間の半分が過ぎた頃《ころ》、ようやく先生は説明事項《じこう》を言い終え、

「では、自己紹介《しょうかい》をしてください。上級学校では授業がバラバラですから、最初はなかなか友達を作るのは難《むずか》しいものです。一つの授業で一人の友達を作り、そしてお互いに紹介し合うといいですよ。立ち上がってみんなに顔を見せて、氏名と、生まれ育ちと、言いたければご実家のお仕事と、趣味《しゅみ》なんかを言ってもらおうかしら。——では、窓際《まどぎわ》からどうぞ」

自己紹介が始まって、ラリーは、

「第四上級学校はな、本当に色々な有名人の子供が多いぞ。最初の自己紹介の時が面白《おもしろ》いから、名字を注意深く聞いておくといい」

そんな兄の言葉を思い出すことになります。

この三十人の中にも、
ロクシェ首都で最も有名なラジオニュースキャスターの息子がいたり、やはり見目《みめ》が良い映画俳優《はいゆう》の娘がいたり、大手製薬会社社長の息子がいたりしました。

もっともラリーはラリーで、

「あのヘップバーン家の次男坊か」

と思われたに決まっていますが、その際《さい》に、

「にしてはチビだな」

とか思われたことも予想《よそう》がつきますが――

何はともあれ自己紹介を無難《ぶなん》に終えました。趣味《しゅみ》は野外活動とキャンプと筋《きん》トレという、他に例のないものでしたが。

そうして隣《となり》に順番が移《うつ》り、黒髪《くろかみ》で灰色《はいいろ》の瞳《ひとみ》を持つ男子が立ち上がりました。

彼はすっくと立ち上がると、言いました。

「セロン・マクスウェルです。親は皆《みな》さんご存じの、〝マクスウェル冷凍《れいとう》食品〟を経営しています。寮生《りょうせい》です」

この時ラリーが思ったのは、あの赤い袋《ふくろ》の冷凍食品か、程度《ていど》でした。

「趣味は……、読書です」

この時ラリーが思ったのは、果《は》たして読書というのが趣味として成立するのかなということでした。

淡泊《たんぱく》な自己紹介を終えて座《すわ》ったこの生徒のことを、ラリーは三日後まですっかり忘《わす》れていました。

この日だけで百を超える有名な名字を聞かされたラリーですので、

「どうだった？　授業初日は。誰《だれ》か、友達になれそうな人はいた？」

夕方母親にそんなことを聞かれても、

「多すぎて覚えられなかったよ」

そう答えるしかありませんでした。

＊　＊　＊

学校生活四日目のことです。

朝の校門のラッシュをいなすコツを摑《つか》んだラリーは、上級学校にも慣《な》れてきました。快活な性格でもあるので、いくつかの授業ではそれなりに名前を覚えてもらい、気軽に話す生徒も増《ふ》えてきました。

またそういったところには、新しい友達が欲しい別の生徒達も話しかけてくるものです。学食で一緒《いっしょ》に食べるような友人もできました。

流れが早くレベルも高い授業以外は、上級学校は楽しいところだと、ラリーは思い始めていました。もっともそれが一番重要なのですが。

そんな放課後のことです。

ラリーは家へと帰ろうと、校門までの広い校庭を歩いていました。暮《く》れ始《はじ》めた夕日が、西の空に浮《う》かんでいました。

ラリーの家まではバスが通っていますが、この日のように天気の良い時は、運動をかねて小一時間早足で歩いて帰ります。

生徒数が多い学校ですので、校門への道は人が多く混《こ》んでいます。

ラリーは通を少し外《はず》れて、並木《なみき》と校舎の間の土の上を、そこにある細い通路をてくてくと歩いていました。

そんな時です。通路からは植木《うえき》で陰《かげ》になり、ほとんど人が歩かない場所です。

その進む先に、校舎の壁際《かべぎわ》に、通路を塞《ふさ》ぐように数人の男子生徒が屯《たむろ》っていました。

やれやれとラリーは、こっちも渋滞《じゅうたい》なのかと顔をしかめました。

ラリーは通路に戻《もど》ろうとして、二つのことに同時に気がつきました。

一つは、屯する数人の生徒が、一人の生徒を囲んでいること。

もう一つは、囲まれて面白《おもしろ》くなさそうな顔をしているのが、最初の授業で隣《となり》になった、

「えっと……。冷凍《れいとう》食品男」

有名な冷凍食品会社の御曹司《おんぞうし》であることでした。

取り囲んでいる生徒は、どうも同じ一年生のように見えました。その雰囲気《ふんいき》は、どう見ても友達同士の談笑《だんしょう》には見えません。

「む――」

ラリーは口をへの字にすると、逸《そ》れるはずだった道をまっすぐ進みました。

一団に近づくにつれて、話の内容が聞こえてきました。

「お前、俺達とつるんだ方が絶対《ぜったい》に得だって分からないの？」

そう、冷凍食品男に言っている生徒がいました。

また別の生徒は、

「上級学校は友達を作って将来に備《そな》えるところだぞ。大人になった時、人脈《じんみゃく》が物を言うビジネスの世界では、友達が重要なんだよ！」

そんなことをかなり熱《あつ》く語っていました。まあ言っていることは間違《まちが》いではないのですが、

「だから、俺達の仲間になれ。今だったら特別に入れてやるから」

そんなふうに話が続いてしまえば、これは頭の良くないラリーにも状況が分かります。冷凍食品会社御曹司でハンサムな彼を、自分の仲良しグループに引き込もうとしているのです。

そして、先ほどまでムスッとして黙《だま》っていた冷凍食品男が、口を開きました。

「〝入れてやる〟なんて友達づきあいに興味《きょうみ》はない。そもそも俺は、勉強しに来たんだ。他を当たってくれ」

なんとまあ、可愛《かわい》げのない口調《くちょう》でしょう。

後ろにいたラリーすらそう思ったくらいですから、言われた連中がカチンときたのも無理がありません。

総勢《そうぜい》六人いた男子達の中に、一人カッとなりやすい生徒がいたようです。大柄《おおがら》な体の一人が冷凍食品男に詰《つ》め寄《よ》ると、その両肩《りょうかた》をどんと突《つ》き押《お》しました。

冷凍食品男は数歩押し下げられ、背中《せなか》が校舎の壁に当たりました。

「やれやれ……」

ラリーはこの時、囲んでいた生徒達のすぐ後ろまで来ていました。もっとも、この時点では部外者のラリーのことなど、誰《だれ》も気づいていませんでした。そして冷凍《れいとう》食品男にも、小柄《こがら》なラリーは見えていませんでじた。

「話は終わりか。帰るぞ」

突《つ》き飛《と》ばされた冷凍食品男は、それだけ言うと踵《きびす》を返そうとしました。

当然、無視《むし》された男子生徒達はおさまりません。

「お前なんか、誰にもパーティーに呼《よ》ばれないようにしてやるぞ！　セロン・マクスウェル！」

「そうだ！　人を馬鹿にするとどうなるか思い知れよ！」

そんな罵声《ばせい》も飛びました。

後ろで見ていたラリーは、そうだ〝セロン〟だったと、やっとここで名前を思い出しました。

セロンはまったく動じず、しっかりと言い返します。

「それはいい。いちいち断《ことわ》る手間《てま》が省《はぶ》けたようだ」

あちゃー、とラリーは頭を抱《かか》えました。セロンの答え方だと、本人にその気はなくても、喧嘩《けんか》をふっかけているようにしか見えません。

実際《じっさい》、言われた方は意図的《いとてき》に馬鹿にされたと思い、肩《かた》を震《ふる》わせて怒《おこ》っていました。そしてとうとう爆発《ばくはつ》。

「お前！　調子《ちょうし》に乗るなよ！　俺達全員相手にして勝つつもりかっ！　ぼこぼこにしてやるぞ！」

「そうだ！　あんまり俺達をなめるんじゃないぞ！」

やれやれ、とラリーが肩をすくめました。

「お金持ちの子弟《してい》は喧嘩なんかしないよ。みんな仲いいもんさ」

そう兄に聞かされていましたが、その話はどうやら入学五日目にして覆《くつがえ》りそうです。

さてどうするか——先生を呼《よ》ぶのも面倒《めんどう》だし、時間がかかりそうです。しかし可愛《かわい》くないとはいえ、多数対一人を見逃《みのが》すのもどうかなとラリーは考えていました。

そして同時に、こうも思いました。

セロン本人が自分から少しでも抵抗《ていこう》しないのなら、彼を助ける義はないと。

まったく自分から自分を守るための努力をせず、そのくせに〝助けてくれ〟という声だけは大きい人を助けることに意義はないと。

ラリーには、幼い頃《ころ》からお祖父《じい》さんに聞かされた話がありました。

ラリーの遠いご先祖《せんぞ》様が騎士団《きしだん》団長だった頃、かつて平定に遠征《えんせい》した敵領土《てきりょうど》で、盗賊団《とうぞくだん》に狙《ねら》われている村を二つ見たそうです。

一つは、次に来た時は言われるがままにすると無抵抗を決め込んだ村。

もう一つは、その際《さい》は村人全員で必死の抵抗を試みると腹を決めた村。

ご先祖様は二つの村から〝助けてくれ〟と懇願《こんがん》され、後者にだけ助け船を出し、盗賊団を殲《せん》滅《めっ》したそうです。

ただ助けを乞《こ》うだけの者は、助けなくとも良い――

お祖父《じい》さんは、そう教えてくれました。

「さて……。どっちだ？」

ラリーが小さな体で背伸《せの》びをしながら、六人に取り囲まれているセロンを見遣《みや》りました。

そしてセロンは、六人に答えました。

「六対一では、勝てるわけがない」

「ほう。じゃあ謝《あやま》れば――」

許《ゆる》してやるぞと続くはずのその言葉を遮《さえぎ》って、鞄《かばん》を両手で持ち上げながらセロンは言います。

「だから最初に摑《つか》みかかってきた一人だけは、これで頭を力一杯殴《なぐ》ってやる。中には図書館で借りた本がたくさん入っている。ものすごく痛《いた》いはずだ。最初に謝っておく――、ごめん」

六人が息《いき》を呑《の》むのが、ラリーにはよく分かりました。自分が微笑《ほほえ》んでいるのも、ラリーにはよく分かりました。

そしてラリーは、全員が驚《おどろ》くほどの大声で、

「そのへんにしておけよ、セロン！」

びくっ、と震《ふる》えて振《ふ》り返《かえ》った六人と、

「…………」

鞄を上段《じょうだん》に構《かま》えたままポカンとしたセロンの顔を見ながら、ラリーが言います。

「待たせたな、セロン。——ところで、ここにいるみんなは誰《だれ》だい？」

＊　＊　＊

「助けてくれとは言ってないが……、助かった。ありがとう」

六人が、背は低いが喧嘩《けんか》は弱そうに見えない、そして突然《とつぜん》大声と共に現れたラリーに仰天《ぎょうてん》してその場を去ってから数十秒の後、セロンはそんなことを言いました。

「歴史の授業で隣《となり》にいたな。確《たし》か……、ラリー・ヘップバーンとかいった」

ラリーは楽しそうに笑いながら、

「お、さすがにオレとは違《ちが》うな。そうだよ。たまたま通りかかっただけなんだが、助けた方がいいと思って助けた。——ま、どういたしましてだ」

「そうか……。いずれ借りは返すよ」

「いいってことよ。オレが好きでやったことだから気にするな。——だけどさ、途中《とちゅう》から聞いていたんだが、あんな身《み》も蓋《ふた》もない答え方をすれば、そりゃ連中にも嫌《きら》われるって」

「そうかもしれない。——でも事実だ」

　セロンがまたもはっきりと言って、

「だから、そこだって」

　ラリーが笑いながら答えました。

「これから、そのへんは直した方がいいと思うぞ、セロン」

「難《むずか》しいが……、善処《ぜんしょ》はするよ。毎回助けてもらうわけにもいかないし」

「あはは！　そうだな。それがいい。頭の悪いオレでもそれくらいは分かる」

　ラリーの言葉に、セロンはきょとんとした顔をしました。

「〝頭の悪い〟とは、どういうことだ？　ラリー」

「ああ。入学成績がぎりぎりだったんだ」

「そうなのか……」

　セロンはそう言ったきり黙《だま》りこくって何か考えていました。

　数秒の沈黙《ちんもく》後、ラリーが首を傾《かし》げた時、

「では、俺が助けよう」

「はい？　なんの話だ？　セロン」

「もちろん勉強だ。分からないところがあったら、何でも、いつでも聞いて欲しい。俺は寮《りょう》生《せい》だから、放課後はほぼ毎日図書館にいる。自習しているか本を読んでいるかのどちらかだ」

「ま、まあ……、いいけど。別に教えてくれなくてもいいぜ。オレ物覚え悪いし……」

「だったらなおさらだ。——言っただろ。借りは返すと」

「堅物《かたぶつ》だなあ……。驚《おどろ》いたぜ。——まあ、じゃあ、すこしはお言葉に甘えるか。頼《たの》んだぜセロン」

「頼まれた」

「そのかわり——」

そう言って、にやりと笑ったラリーです。

「ん？」

「オレはお前がもうちょっとは丸くなるように努《つと》める。あまりたくさん返されてもバランスが悪いからな」

「………」

「遠慮《えんりょ》するなセロン。オレ達はもう友人だぜ！」

そう言って楽しそうにラリーは笑って、

「ふっ」

セロンもまた、つられて小さく笑いました。

そしてその四日後の放課後。

「すまないセロン、歴史でここ教えてくれ。あとこことことと、ノートを取りそびれたところを写させてくれ。それと国語で分からないところがあるんだが――」

図書館には、セロンに泣きついているラリーの姿《すがた》がありました。

＊　＊　＊

時は二年ほど過ぎて、三三〇五年のとある日。

「おいおい、この成績はなんだいラリー？　呆《あき》れるほどの低空飛行じゃないか」

「うるさいナータ。退学《たいがく》にはなってないだけいいだろう」

「言っちゃなんだが、よく今まで退学にならなかったね？」

「まあな。――あの時、道を間違《まちが》えなかったのさ」

「なんの話だ？」

学園あとがき

イラスト／黒星紅白

「木乃！　木乃！　——木乃ってば！　起きろ！」

「なによ喋るストラップのエルメス……。せっかく気持ちよく屋上で寝ていたのに……」

「昼食をしこたま食べた上に、セーラー服からおへそを出して高いびきでね。まったく、うら若き女子高生が情けない」

「いいじゃん太陽と人工衛星以外は見てないし。——で、何？　わたしを起こしたからには、それなりの理由があるんでしょうね？　さもないと、投げるよ。エルメスが星になるよ」

「あるよ！　〝あとがき〟だよ！　『メグとセロン（以下メグセロ）』Ⅱ巻の〝あとがき〟！」

「はい？　何言ってるのエルメス。わたしは『学園キノ』の登場人物よ？　目を覚ませ」

「だーかーらー！　その『メグセロ』Ⅱ巻の〝あとがき〟に、『学園キノ』から呼ばれたの」

「はい？　Ｉ巻はたしか……」

「そう。本家（注・『キノの旅』のこと）から呼ばれたね。あっちは偽物だったけど。今度は本当に本当の木乃とエルメスだよ。詳しく知りたい方は、『学園キノ』①〜②巻が発売中なのでよろしく。全編パロディとギャグの塊の問題作なので、本家が大好きな人は心の健康を保つためにやめておいた方がいいかもしれないけど」

「信じられない。――『学園キノ』③巻より先に、わたし達を出してくるなんて！」

「ま、作者もギャグキャラだから出しやすいとか思っているんだろうね」

「やれやれ。――愚痴っていてもしょうがないからやるか。いくよ、エルメス。『メグセロⅡ』の〝あとがき〟。ここから開始。ネタバレはなし！」


「で、下巻なんだよね？　エルメス」

「そう。『三三〇五年の夏休み』のエピソードはこれにて終了。とうぜん、謎の人物の正体は判明する。二ヶ月間お待たせしました！　とのこと」

「なるほど下巻か。……ということは、最初から最後までクライマックスねっ！　登場人物達がみんな変身して戦うのね？」

「メグもセロンも変身はしないよ。木乃」

「じゃあわたしが変身だあっ！　〝ブローム・マイ・コールド！　――デーッド・ハーンズ！（変身中・光っています）〟」

「出た！　魔物を倒す正義の味方！　その名も〝謎の美少女ガンファイターライダー・キノ！（以下キノ）〟　でもさあ、キノ。この唐突な変身と説明は、『学園キノ』が『キノの旅』のキャラクターを使った〝変身美少女物〟だって強引に宣伝したいだけだね」

「そうよ。悪い？」

「いや別に。――正直言うと、あんまりこの〝あとがき〟で言うべきことってないんだよね。『メグセロ』I巻読んだ人はキャラクターは知っているから説明無用だろうし、話の内容を言うと確実にネタバレになるからね。この本の発売を待って、上下巻を一気に買う人もいるだろうから、上巻のネタバレも避けるべきで、内容はあまり口出せないわけで」

「内容以外で、伝えておくことは？　エルメス」

「そうだね。この本には短編が二つ入っていることかな。一つは『セロンの夢』で雑誌『電撃文庫MAGAZINE』掲載済み。もう一つは、『ラリーとセロン』で、こちらは書き下ろし」

「他には？」

「少しは自分から仕事しようよ、キノ」

「そうだぞ！　謎のキノ！　食っちゃ寝食っちゃ寝ではいずれ牛になる！　まあ、牛ほどのグラマーさは君には皆無――」

ずだだだだだだだっだだだだだだだだだ。ばきゅん。ずぎゅーん。

「どっから出てきたあ！　変態の〝ザモエド仮面〟！　マッハで飛ぶ銃弾を避けるな！」

「わっはっは！　実はさっきからずっといたんだ。ただ服も髪も皮膚も、屋上の床のコンクリートと同じ色になっていたんだよ」

「……本当に人間かあんたは？」

「まあまあまあ。こうして私が出てきたからには、もう〝あとがき〟は大丈夫だ。さあ、全てを私に任せ、再びヘソ出しで昼寝を始めるがいい！」

「するかあっ！」

「おっと、そういえば一つとても重要なことを言い忘れていた。この『メグセロ』の続きについてだ。聞いて驚くなよ。実は――」

「実は？」

「あ、もうページがない。皆さんさようなら！　ほら、謎のキノも笑顔で手を振れ。胸がない分愛想を見せろ。〝あとがき〟がちゃんとオチないだろ？」

「サモエド仮面！　――地獄に堕ちろぉ！」

ずだだだだだだだだだだだだだだだだだだだだだ
（『学園キノ』③に続く。かも）

二〇〇八年　吉日　時雨沢恵一

黒星紅白の
あとがき。
またジャージ。
自由に描いて
いいって
言われたから‥
「メグとセロンI」
の、あとがきで
あんなワケの
分からない事
書いたのに
怒られ
なかったんで
調子に
乗って
「メグとセロンII」では
ご覧の通り
表紙からして
ジャージ!!
そう、前回素材が良い
とか、言い残してましたが、
よーするにこういう事なんです。
表紙もですが、
『ジャージ+ひっぱりチカラ』
これが重要なんですね、
このひっぱりチカラを
かける事により
ジャージの限界性能
が、僕が計算
したトコロによると
180%UPするん
ですね、それで
あのアレ‥‥
僕キモい
‥‥。
もっさり
スカートの下に
ジャージとかも
ポイント高いよねー
KURO-K

◉時雨沢恵一著作リスト

「キノの旅 the Beautiful World」（電撃文庫）
「キノの旅Ⅱ the Beautiful World」（同）
「キノの旅Ⅲ the Beautiful World」（同）
「キノの旅Ⅳ the Beautiful World」（同）
「キノの旅Ⅴ the Beautiful World」（同）
「キノの旅Ⅵ the Beautiful World」（同）

「キノの旅Ⅶ　the Beautiful World」（同）
「キノの旅Ⅷ　the Beautiful World」（同）
「キノの旅Ⅸ　the Beautiful World」（同）
「キノの旅Ⅹ　the Beautiful World」（同）
「キノの旅XI　the Beautiful World」（同）
「学園キノ」（同）
「学園キノ②」（同）
「アリソン」（同）
「アリソンⅡ　真昼の夜の夢」（同）
「アリソンⅢ〈上〉ルトニを車窓から」（同）
「アリソンⅢ〈下〉陰謀という名の列車」（同）
「リリアとトレイズⅠ　そして二人は旅行に行った〈上〉」（同）
「リリアとトレイズⅡ　そして二人は旅行に行った〈下〉」（同）
「リリアとトレイズⅢ　イクストーヴァの一番長い日〈上〉」（同）
「リリアとトレイズⅣ　イクストーヴァの一番長い日〈下〉」（同）
「リリアとトレイズⅤ　私の王子様〈上〉」（同）
「リリアとトレイズⅥ　私の王子様〈下〉」（同）
「メグとセロンⅠ　三三〇五年の夏休み〈上〉」（同）

本書に対するご意見、ご感想をお寄せください。

■

あて先

〒101-8305 東京都千代田区神田駿河台1-8 東京YWCA会館
アスキー・メディアワークス電撃文庫編集部
「時雨沢恵一先生」係
「黒星紅白先生」係

■

電撃文庫

メグとセロンⅡ

三三〇《さんぜんさんびゃく》五《ご》年《ねん》の夏休《なつやす》み〈下〉

時雨沢恵一《しぐさわけいいち》

発行　二〇〇八年五月十日　初版発行

発行者　髙野　潔
発行所　株式会社アスキー・メディアワークス
〒一〇一-八三〇五　東京都千代田区神田駿河台一-八
東京YWCA会館
電話〇三-五二八一-五二〇七（編集）
発売元　株式会社角川グループパブリッシング
〒一〇二-八一七七　東京都千代田区富士見二-十三-三
電話〇三-三二三八-八六〇五（営業）
装丁者　荻窪裕司（META＋MANIERA）
印刷・製本　旭印刷株式会社

ISBN978-4-04-867062-3 C0193

電撃文庫創刊に際して

　文庫は、我が国にとどまらず、世界の書籍の流れのなかで〝小さな巨人〟としての地位を築いてきた。古今東西の名著を、廉価で手に入りやすい形で提供してきたからこそ、人は文庫を自分の師として、また青春の想い出として、語りついできたのである。

　その源を、文化的にはドイツのレクラム文庫に求めるにせよ、規模の上でイギリスのペンギンブックスに求めるにせよ、いま文庫は知識人の層の多様化に従って、ますますその意義を大きくしていると言ってよい。

　文庫出版の意味するものは、激動の現代のみならず将来にわたって、大きくなることはあっても、小さくなることはないだろう。

「電撃文庫」は、そのように多様化した対象に応え、歴史に耐えうる作品を収録するのはもちろん、新しい世紀を迎えるにあたって、既成の枠をこえる新鮮で強烈なアイ・オープナーたりたい。

　その特異さ故に、この存在は、かつて文庫がはじめて出版世界に登場したときと、同じ戸惑いを読書人に与えるかもしれない。

　しかし、〈Changing Time, Changing Publishing〉時代は変わって、出版も変わる。時を重ねるなかで、精神の糧として、心の一隅を占めるものとして、次なる文化の担い手の若者たちに確かな評価を得られると信じて、ここに「電撃文庫」を出版する。

1993年6月10日
角川歴彦